MAUD LEWIS

모드 루이스는 타고난 신체 장애와 어려운 환경을 그림을 통해 극복하고
언제나 주어진 삶 속에서 행복을 찾았던, 작지만 강인한 여성이다.
30여 년 동안 작은 오두막집 창가에서 그림을 그리며 생애 대부분을 보냈으며,
모드의 천진하고 행복한 그림은 많은 사람들에게 감동을 주며 전 세계에 알려졌다.
이 책은 캐나다에서 가장 사랑 받는 국민화가 모드 루이스의 생애를 기록한 최초의 책으로,
모드 루이스는 영화 〈내 사랑〉의 주인공으로도 국내에 알려졌다.

글 랜스 울러버Lance Woolaver

모드 루이스의 그림을 좋아하여 많은 작품을 수집했던 부친의 영향으로
어린 시절부터 모드의 집을 드나들며 그녀의 그림을 보며 자랐다. 모드 루이스의 생애와
작품에 대한 책을 여러 권 출간했으며, 모드와 에버릿 루이스의 삶을 다룬 희곡
〈그림자 없는 세계〉의 저자이기도 하다.

사진 밥 브룩스Bob Brooks

캐나다 최고의 보도사진 작가 중 한 명으로 1965년 처음 모드 루이스를 만났으며,
모드와 에버릿 그리고 두 사람의 오두막집을 사진으로 기록했다.

번역 박상현

미국에서 현대미술사를 공부했으며, 온라인 뉴스매거진 오터레터를 운영하고 있다.
쓴 책으로 〈나의 팬데믹 일기〉, 〈도시는 다정한 미술관〉, 〈친애하는 슐츠 씨〉 등이 있고,
번역한 책으로 〈모드의 계절〉, 〈아날로그의 반격〉 등이 있다.

일러두기

- 본문에서 괄호 안의 설명은 모두 역자주입니다.
- 책에서 아버지 이름 존 다울리John Dowley는 별칭인 잭Jack으로도 등장하는데, 한국 독자들에게 혼동을 줄 수 있어 '존'으로 통일했습니다.
- 보통의 경우 그림 설명에 들어가는 'oil paint'는 '유화물감'을 의미하지만, 이 책에서는 유성 페인트를 의미할 가능성이 높습니다. 모드 루이스는 다수의 작품을 건물 혹은 선박용 유성 페인트를 사용해 그렸습니다. 우리말에서는 페인트와 물감을 구분하고 있지만, 영어로는 모두 'paint'입니다. 원서의 그림 설명에서 단순히 'oil'이라고 표기되어 있어 유화물감으로 번역했지만, 사실은 페인트일 수 있습니다.

내 사랑 모드

글 랜스 울러버
사진 밥 브룩스
그림 모드 루이스
번역 박상현

남해의봄날 ❋

모드 루이스를 회상하며

모드 루이스의 집, 1965

내 누이와 나는 어린 시절, 노바스코샤주 바튼에 살았다. 바닷가에
있는 삐걱거리는 낡은 집이었다. 물 근처에 살았기 때문에 집에는
카누가 있었다. 우리 집 정원 역할을 하던 과수원과 바닷물이 만나는
지점에 카누를 놔두고 살았다. 조용한 저녁이면 우리는 카누를 타고
해안을 따라 노를 저었다. 하루는 누이가 바람이 들어간 타이어
튜브를 타고 바다로 떠내려가는 바람에 난리가 났다. 다행히 우리
어머니는 수영을 아주 잘하는 분이었고, 세인트 매리만의 바닷물에
뛰어들어 누이를 끌어냈다. 그날에서 거의 반세기가 지난 지금까지도
바튼은 1번 국도 옆에 집과 농장들이 모여 있는, 해안 도시들 사이에
위치한 작은 마을이다. 그 국도를 타고 동쪽으로 16킬로미터를 가면
딕비가, 서쪽으로 90킬로미터를 '내려가면' 야머스가 나온다. 세인트
매리만을 따라 늘어선 마셜타운이나, 조던타운, 브라이튼, 웨이머스
같은 마을들에는 아카디안(노바스코샤를 포함한 캐나다 아카디아
지방에 17, 18세기에 정착한 프랑스계와 그 지역에 살던 원주민들의 후손)과
왕당파(영국이 패한 미국 독립전쟁 전후로 노바스코샤 지역에 정착한 영국
국왕을 지지하던 사람들), 그리고 아일랜드와 스코틀랜드계 정착민들이
살았다. 이 지역 주민들은 희망을 가지고 대대로 힘겨운 노동을
했지만, 우리가 자랄 때만 해도 벌이가 넉넉한 사람은 아무도 없었다.
농장은 하나같이 작았고, 흙은 농업에 적합하지 않았다. 어업도 믿을
만한 수입원은 아니었다. 생선은 꾸준하게 잡히지 않았고, 가격도
오르락내리락했다. 벌목도 대개 최저 생활이 가능한 정도의 벌이밖에
되지 않았다. 아버지가 농부든, 어부든 상관없이 딕비에서의 삶은

힘겨웠다.

바튼에 살던 시절, 우리는 가난했다. 아버지는 석고를 운반하는 배를 한두 번 탔고, 후에는 제2차 세계대전에 참전했다. 1940년대에 웰링턴 폭격기(제2차 세계대전 당시 영국군이 사용하던 비커스 웰링턴 폭격기의 통칭)에서 항법사로 근무했지만 외국에 있는 동안 폐결핵에 걸려 '폐병쟁이'가 되었고, 전쟁 뒤에는 멀리 떨어진 요양원에 머물러야 했다. 겨울 아침이면 어머니와 나는 바튼의 버려진 헛간에 가서 너와를 뜯어다가 아침을 짓기 위해 부엌에 불을 지폈다.

그 시골에는 읍내라고 부를 만한 것도 딱히 없었다. 게다가 모든 마을에 똑같이 장미나무를 심은 울타리가 있는 기둥-보 구조의 집들이 모여 있어서, 처음 방문한 사람이라면 그 마을에 있는 교회의 이름을 확인하기 전에는 내가 지금 어느 마을에 있는 건지 확신할 수 없었다. 그런 시골 교회들은 또 무수하게 많았다. 그러나 정감 있는 시골에도 놀랍고 기이한 무언가가 있었다. 그중 하나가 바로 모드 루이스였다. 어린 나의 눈에 모드는 이 세상에 존재하는 매혹적이면서도 낯선 것들을 대표하는 사람이었다.

모드는 남편 에버릿과 작은 집에서 살았다. 그 집은 마셜타운의 도로에 바짝 붙어 있어서, 트럭 운전사가 지나가면서 창문을 내리고 담배꽁초를 던지면 현관문에 바로 떨어질 정도였다. 아내와 남편, 그리고 그 오두막집은 묘한 삼인조였다. 그들을 모르는 사람은 없었지만, 그들을 찾아오는 사람도 거의 없었다.

그들의 집은 엄밀하게 말하면 집이라기보다는, 톱으로 자른 보와

널판으로 만들고, 가문비나무 너와를 덮은 작은 오두막이었다. 바깥
세상을 볼 수 있는 창문은 단 세 개뿐이었다. 가로 3.75미터, 세로 4미터
넓이의 방 한 칸이 전부였고 위에는 다락방이 있었다. 자귀(가로로
날이 달린 도끼처럼 생긴 나무를 다듬는 도구)와 도끼로 만든 집이라서,
집 어디에서도 완벽한 직선을 찾을 수 없었다. 너무나 작은 집이라
마르고 키가 큰 에버릿이 걸어 다니면 머리카락이 천장을 스칠 듯했다.
하지만 창가에 앉아 카메오 담배를 피우며 하루하루를 보내는 왜소한
곱사등이 모드에게는 그런 작은 집도 충분했다.

모드와 에버릿은 동네에서 좀 이상한 사람들이라는 말을 들을 만큼
특이하게 살았지만, 집 앞을 지나는 운전자들의 눈을 잡아끄는 색색의
그림들에는 뭔가 평범치 않은 즐거움이 있었다. 모드는 집 창문에
밝은 색의 수선화를 그려 넣었고, 창문에 더 이상 그릴 곳이 남지 않자
다음에는 덧문에 파랑새를, 집 안쪽 문에는 나비와 고니(백조)들을
그려 넣었다. 흥미롭게도 흑고니들은 서로 껴안는 모습으로 마주 보고
있었지만, 백고니들은 서로 등을 지고 있었다.

그뿐 아니라, 에버릿은 사다리를 타고 지붕에 올라가서 굴뚝 주변의
너와를 벽돌과 같은 밝은 빨강색으로 칠했다. 집을 칠하는 것에 그치지
않고 키가 크고 화려한 스위트피를 집 주위는 물론이고, 심지어 집 안
창가에도 양철통을 놓고 키웠다. 색이 너무나 강렬해서 자세히 관찰하지
않으면 어떤 색이 페인트이고, 어떤 색이 자연색인지 구분이 쉽지
않았다. 게다가 모드가 '그림 팝니다'라는 팻말을 걸면서 붉은 가슴을
가진 파랑새와 분홍색 사과꽃을 그려 넣으니, 그 효과는 엄청났다.

운전자들은 달리던 속도를 늦추고 그 멋진 광경을 천천히 구경하며
지나갔고, 일부는 차를 멈추고 모드에게서 그림이나 카드를 샀다.
나와 내 누이의 눈에는 마치 동화 속에서나 나올 것 같은 장면이었다.
에버릿은 '꼬부랑 집'에 사는 '꼬부랑 할아버지' 같았고, 모드 루이스는
〈헨젤과 그레텔〉에 나오는 마녀처럼 보였다. 누가 우리 남매에게
돈이 아니라 그 무엇을 준다고 해도 그 화려한 오두막에는 들어가지
않았을 것이고, 모드가 혹시라도 맞은편에서 걸어온다면 우리는 길가
배수로에 숨었을 것이다.
모드와 에버릿은 벌목공의 부츠를 신고 다니면서 물에 빠져 죽은
남동생을 찾아 주차된 자동차들 주변을 끊임없이 배회하던 한 여자,
그리고 자전거에 1938년형 포드 트럭의 문을 달고 다니면서 경찰이
세우면 열어 주곤 했던 소년과 더불어 우리 마을의 전설 같은 존재였다.
마을 교회의 첨탑과 구빈 농장(가난한 사람들을 위해서 지역에서 운영하던
농장), 그리고 모드 루이스의 집, 이렇게 세 가지는 내 기억에 선명하게
새겨진 어린 시절 우리 마을을 대표하는 이미지였다.
우리 같은 어린 학생들에게 모드 루이스에 대해서 처음으로 좋게
이야기한 사람은 역사 선생님 케이 맥닐이었다. 맥닐 선생님은 모드의
그림을 우편으로 부치는 '비서' 일을 자청했던 사람이다. 한없이 길게만
느껴지던 어느 금요일 오후, 선생님은 모드의 예술적 성취에 대해
들려주었다.
에버릿은 구빈 농장에서 야간 경비원으로 일했다. 1950년대에 구빈
농장이 문을 닫으면서 에버릿이 실직자가 되었을 즈음, 우리 아버지는

변호사가 되었다. 아버지가 모드의 그림을 사고, 여기저기 알리고
다니기 시작한 것도 그 즈음이다. 그림을 받으러 모드의 집에 방문했을
때, 나는 집 바깥에 그려진 것과 똑같은 고니와 로빈(개똥지빠귀와
비슷한, 가슴이 붉은 새) 그리고 꽃이 집 안에도 그려져 있는 것을 보고
놀랐다. 다락방으로 올라가는 계단에는 수레국화가 그려져 있었고,
스토브에는 데이지 꽃이 그려져 있었으며, 책상 옆에는 당나귀가
낮잠을 자는 그림이 있었다. 모드는 주변에 햇볕이 드는 자리마다
그림을 세워 두고 말리고 있었다. 비가 오는 날이면 따뜻한 스토브
위에서 그림을 말렸다. 어린아이 눈에 비친 밝게 빛나는 그림 속 색채는
마치 맑은 개울 아래 반짝이는 자갈처럼 환상적이었다. 그러나 나는
그림에 끌리면서도, 가난한 집과 모드가 기형이라는 사실이 거슬렸다.
게다가 그 집은 페인트와 테레빈유 냄새, 그리고 난로에 가문비나무
'쪼가리'를 태우는 냄새로 가득했다.
아버지는 모드에게 특정한 장면을 그려 달라고 의뢰한 단골 고객
중 하나였다. 나의 누이가 크리스마스 선물과 함께 있는 그림 하나,
그리고 남동생 맥스가 크리스마스 트리 아래에 있는 초상도 그렇게
의뢰한 그림이다. 나는 모드에 대한 아버지의 그런 관심이 시간과 돈을
낭비하는 일이라고 생각했고, 아버지가 그림을 받으러 갈 때마다 고급
치즈 같은 선물을 들고 가는 게 싫었다. 우리가 딕비로 이사할 때 쯤
나는 그렇게 속물이 되었다. 아버지가 모드의 집에 같이 가자고 하면
나는 다인 앤 댄스 가게에서 아이스크림을 사 주면 가겠다고 대답했다.
그래서 1965년에 모드가 CBC의 텔레비전 프로그램 〈텔레스코프

Telescope〉에 주인공으로 등장했을 때 나는 깜짝 놀랐고, 캐나다의
로버트 스탠필드 총리가 마셜타운에 와서 루이스 부부를 방문하는
것을 보고 충격을 먹었다. 1960년대 딕비에서 스탠필드 총리의 인기는
정말 대단했기 때문이다. 신처럼 추앙 받지는 않았을지 몰라도 신
못지않았다. 하지만 가장 놀라웠던 것은 1970년대 리처드 닉슨 대통령
시절, 미국 백악관이 모드의 그림 두 점을 주문했던 일이다. 믿어지지
않았지만, 그 모든 이야기가 지역 신문 〈딕비 쿠리어Digby Courier〉에
기사로 실렸다.

나는 모드가 오래 살지 못하고 세상을 떠난 것에 특별히 슬픔을
느끼지 못했다. 나는 모드를 예술가로 평가하지도 않았고, 그녀가
노바스코샤에 어떤 유산을 남겼는지도 알지 못했다.

모드 루이스는 1970년에 세상을 떠났다. 당시에 우리 아버지는
판사였고, 나는 유럽에 머물고 있었다. 나는 암스테르담
국립미술관에서 렘브란트의 '야경꾼'을 보면서 흥분했고, 루브르
박물관에서 '모나리자'를 보는 것이 즐거웠다. 그 두 걸작은 시가
포장지에서 보곤 했기 때문에 익숙했다. 나는 예술은 잘 몰랐지만,
담배를 피우는 건 좋아했다.

나는 빈센트 반 고흐의 작품이 다른 네덜란드나 플랑드르의 거장들과
비슷할 줄 알았다. 그러나 당연한 얘기지만, 반 고흐의 작품은 다른
거장들의 작품과 공통점이 거의 없었다. 그의 그림은 극도로 단순해
보였다. 물감을 칠한 모습이 물결처럼 그대로 남아 눈으로 확인할
수 있었다. 이건 아이들도 할 수 있는 거 아닌가? 사람들이 그렇게

요란스럽게 이야기하는 게 겨우 이렇게 단순한 그림들이었어? 어이가
없었다. 모드 루이스가 어설프게 그려 놓은 것과 비교해 보아도 더
정교해 보이지 않았다! 나는 그 사실을 어떻게 받아들여야 할지
몰랐다.

그해의 남은 여름을 갤러리들을 돌아다니면서 보냈지만, 반 고흐의
그림들이 머릿속을 떠나지 않았다. 내게는 개안開眼과 같은 경험이었다.
그가 그린 농부와 소들은 모드의 그림에 등장하는 소와 아이들처럼
서로 어울렸다. 내가 노바스코샤로 돌아와서 들판을 걷거나, 아카시아
계곡의 벚꽃나무 밑을 거닐 때 내 머리에 떠오르는 장면은 반 고흐의
그림 속 장면들이었지, 렘브란트의 어두운 캔버스나 윌리엄 터너의
안개 낀 듯한 그림이 아니었다.

나는 아버지가 주문했던 모드 루이스의 그림들이 궁금해지기
시작했다. 하루는 어머니와 함께 창고에 들어가서 그림들을 싸고 있던
누렇게 바랜 신문지를 벗겨냈다. 보관 중이던 그림들이 다시 빛을 보게
하는 것은 즐거운 일이었다. 그림들은 액자에 들어가 있지 않았지만,
어설프게나마 갤러리처럼 꾸며서 걸어 보았다. 노끈을 천장에서
바닥까지 늘어뜨린 후 매듭을 만들고 그 틈에 그림을 끼워 넣었다.
그렇게 40점의 그림을 '전시'해 놓고 뒤로 물러서서 바라봤다. 마치
바닷가에서 떠내려온 나무로 모닥불을 피운 듯 밝게 빛나는 만화경
같은 색채가 우리를 압도했다. 물감의 색채가 창문으로 들어오는
햇빛에 반짝이며 그림 밖으로 튀어나오는 듯했다.

어머니와 나는 모드의 삶에 관한 글을 써서 〈샤틀레인Chatelaine〉이라는

잡지에 보냈다. 원고비로 700달러의 수표가 날아왔다. 나는 뛸 듯이
기뻤다. 그때까지 내가 글을 써서 돈을 받아 본 것은 〈컨트리맨The
Countryman〉에 시를 기고하고 받은 5파운드가 전부였기 때문이다.
그 뒤로 나는 모드의 그림들에 관한 이야기를 찾으면서 그 그림들을
계절별로 배열해 보았다. 노끈에 묶은 채로 겨울 그림은 왼쪽, 여름
그림은 오른쪽으로 옮기면서 이렇게 저렇게 바꿔서 늘어 놓았다.
모드가 랍스터 덫을 끌어올리는 어부, 밭을 가는 농부, 쇠를 두드리는
대장장이처럼 일하는 모든 사람, 아카시아 골짜기의 작은 다리와
시냇물, 바튼의 오래된 부두, 프림곶 등대 같은 모든 장소, 튤립밭의
고양이, 여름날 나무 그늘 밑 소, 사과꽃 사이의 로빈처럼 모든 동물과
꽃과 새까지 딕비에서 느낄 수 있는 즐거움을 모두 다 포착했음을 알
수 있었다.
나는 말과 소와 구불거리는 시골길을 그린 그림들을 소재로 두 권의
책을 썼다. 하나는 〈크리스마스와 시골 우편함Christmas with the Rural
Mail〉이라는 제목으로, 다른 하나는 〈벤 로먼이 바다에게From Ben Loman
to the Sea〉라는 제목으로 1979년에 발행되었다. 캐나다에서 출판된 책
중 처음으로 민속화를 삽화로 사용한 책이었고, 이를 두고 한 평론가는
"딕비가 이렇게 영원히 기록될 수 있어서 다행"이라고 썼다. 그 책들이
나온 지 17년이 지났지만, 모드가 아직도 살아있는 줄 아는 관광객들이
지금도 책에 사인을 해 달라는 요청을 보내온다.
1979년 에버릿이 죽은 후 두 사람의 오두막집은 원래 있던 길가에서
다른 곳으로 옮겨졌고, 딕비에는 모드 루이스가 살았던 흔적이 하나도

남지 않았다. 무덤의 묘비에조차 "모드 다울리^{Maud Dowley}"라는
이름으로 적혀 있다.

그러다가 몇 년 전, 나는 우리 가족의 오랜 친구이자 유명한 사진작가
밥 브룩스를 다시 만났다. 밥은 1965년에 모드와 에버릿의 집을
방문해서 그들이 마셜타운의 오두막집에서 함께 지내는 모습을
카메라에 담았더랬다. 우리는 모드 루이스의 전기를 함께 만들기로
했다. 때마침 사람들이 그녀에 대해 다시 관심을 갖기 시작했고,
노바스코샤 아트 갤러리가 모드의 집을 보존하려는 노력을 하고
있었기 때문에 전기가 도움이 되리라 생각했다. 이 책이 바로 그
결과물이다. 모드 루이스의 전국 순회전시에 맞춰서 노바스코샤
아트 갤러리가 모은 작품들을 담고 있는 이 책은 모드 루이스의 삶과
작품을 종합한 최초의 책이다. 우리는 이 책이 모드 루이스에게 걸맞은
기념물이 되기를, 그리고 그녀가 남긴 풍성하고 즐거운 유산을 더 깊이
연구하고 기록하려는 사람들에게 하나의 영감이 되기를 바란다.

1996년

L.G.W.

랜스 제라드 올러버

2

4

목 차

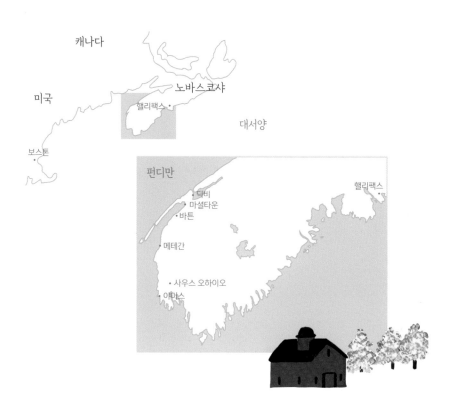

캐나다

미국

노바스코샤

핼리팩스·

대서양

보스톤
·

펀디만

핼리팩스

·딕비
·마셜타운
·바튼

·메태간

· 사우스 오하이오
·야머스

시골에서 태어난 아이

Country Beginnings

모드와 (고양이) 플러피 / 넬리 뮤론 컬렉션

노바스코샤주는 시골이다. 농촌으로 가고 싶은 사람이라면 더 이상
바랄 게 없을 만큼 대도시에서 멀리 떨어져 있다. 그런 노바스코샤에
사는 사람들에게 멀리 떨어진 시골이 어디냐고 물어보면 대답하는 곳이
야머스다. 야머스는 농촌과 어촌이 모여있는 군county으로, 헤브로이나
헥타누가, 체고긴, 그리고 모드 루이스가 태어난 사우스 오하이오 같은
읍town이 있는 지역이다. 그런 작은 읍들은 대개 홍차빛의 늪지에서
뻗어 나온 감조 하천이나 호수 주변에 위치하고 있다. 강이나 호수들은
만조 때면 녹색이 되었다가, 간조 때는 황갈색으로 변한다.
모드 루이스는 1903년 3월 7일에 존 넬슨 다울리와 아그네스 매리
다울리의 하나뿐인 딸로 태어났다. 모드보다 여섯 살 많은 오빠 찰스는
아버지의 사랑을 독차지했다. 모드는 여러 기형을 안고 태어났다.
어깨는 부자연스럽게 내려앉아 있었고, 턱은 가슴에 바짝 붙어
있었다. 어머니는 모드를 출생 직후부터 정성을 다해 각별히 보살피고
보호했다. 모드 밑으로 동생이 두 명 더 태어났지만 둘 다 며칠을 살지
못하고 세상을 떠났다.
모드가 태어난 집은 농장이었다. 어깨가 떡 벌어지고 힘이 센 모드의
아버지 존은 대장장이였는데, 주로 마구馬具를 만들어 파는 일을 했다.
그 일로 아주 큰 돈을 벌지는 못했어도 제법 풍족한 생활을 할 수
있었다. 그의 손님 중에는 가진 것이 말 하나뿐인 가난한 소작농도
있었지만, 수십 마리의 말을 부리며 사업을 하는 대형 목재상들도
가을마다 캐나다 서부에서 열차를 타고 찾아왔다. 야머스의 산업은
임업과 어업이 주를 이루었는데, 등록된 선박의 톤수로는 세계에서

무제, 연도 미상
파티클보드에 유화물감
30.1×36cm
더글러스 E. 루이스 박사 컬렉션

일곱 번째였다. 그 당시 야머스의
숲은 벌목공들의 캠프로 가득했고,
모드의 아버지 같은 사람들이 공장과
배에 목재를 실어 나를 말과 소에
채울 마구를 만들었다. 마구는 말이나
소에 맞춰 개별 제작되었으며, 최고급
마구는 아름답게 장식되었다. 존
다울리는 송곳과 쥠쇠, 바늘과 날이
휜 칼 등의 도구로 작업했다. 그는
존경 받는 장인이었다. 노바스코샤주

모드의 부모, 아그네스 매리 다울리와 존 넬슨
'잭' 다울리 / 넬리 뮤론 컬렉션

딕비의 저메인 집안 출신인 모드의 어머니 아그네스는 붉은빛이 도는
금발의 여성으로, 라벤더 향수를 좋아했다.
그녀는 또한 정성스런 장식이 달린 모자를 쓰고, 실크 스카프를
두르고, 검은색 에나멜 가죽 구두를 좋아하는 사람이었다. 아그네스는
음악을 사랑했고, 피아노를 칠 줄 알았으며 아이들과 함께 연주하기를
즐기는 엄마였다. 모드의 오빠 찰스 또한 뛰어난 댄스 밴드 연주자였다.
아그네스의 친가와 외가는 모두 벌목공이거나 부둣가에서 짐을 나르는
일을 했고, 그림과 민속 조각에 재주가 있었다. 따라서 모드의 창조적인
재능은 집안 사람들 사이에서 전혀 낯설지 않았다.
아그네스는 다른 여자들과 더블 솔리테어 게임을 즐겨 했다. 두 명이
부엌 식탁에 마주 앉아 자신의 카드를 늘어놓는 더블 솔리테어는
어쩌면 가장 조용한 카드 게임으로, 두 세트의 카드를 동시에 사용하는

게 규칙이었다. 아그네스는 카드 게임이 끝나면 반드시 함께 게임을 한
사람과 차를 마셨다. 아그네스는 경쟁심이 강해서 카드 게임을 할 때
다른 사람에 비해 불리하면 카드의 순서를 바꿀 수 있도록 무릎 위에서
카드 여러 장을 쥔 채로 섞을 수 있는 자신만의 방법을 고안했다고
한다. 모드의 조용하고도 영리한 성격은 어머니에게서 왔다.

모드는 어머니에게 그림 그리는 것을 배웠다. 어머니는 크리스마스
카드를 그리는 법을 가르쳤고, 완성 후에는 함께 집집마다
돌아다니면서 카드를 팔았다. 그렇게 꽃이나 크리스마스 장식, 바구니
따위의 물건을 직접 팔아서 집안 경제를 돕는 것은 1910년 무렵까지는
드물지 않은 일이었다. 손으로 일일이 크리스마스 카드를 그려서 돈을
버는 방식이 지금은 힘들어 보이지만, 그때는 사진에도 손으로 색을
입히던 시절이었다.

아그네스는 색을 칠한 카드를 한 장에 5센트를 받고 팔았다. 5센트는
훗날 모드가 딕비에서 사람들에게 받았던 카드 가격이기도 하다.
아그네스와 모드는 학생들의 줄 없는 공책 같은 데 들어가는 거친
종이에 수채물감으로 그림을 그렸다. 모드는 어린 시절을 회고하며
크레용을 사용하기도 했다고 말했다. "크레욜라(크레용 브랜드)로
그림을 많이 그렸어요. 말하자면 연습을 한 거죠." 아그네스와 모드가
그린 초기의 카드들은 이제는 찾을 수 없지만, 1940년대에 모드가
남편 에버릿과 함께 집집마다 돌아다니며 팔던 카드와 비슷했다.
모드 루이스 그림의 컬렉터들이 가지고 있는 그 카드들을 보면 흔히
크리스마스 카드에서 기대하는 축제 장면 대신, 어린 시절 모드가

어머니 아그네스 매리 다울리,
모드 다울리, 오빠 찰스 다울리

야머스에서 봤던 새와 동물들이
등장한다.
또 아그네스는 모드에게 꼰 밀 뭉치를
금속 포일로 싸서 장식을 만드는 특이한
기술도 가르쳐 주었다. 밀이나 습지 건초,
보리 등의 다발은 야머스에 흔했고, 금속
포일은 담배 포장에서 구했다. 모드가
포일로 만든 크리스마스 작품 하나는
무려 20년 동안이나 부서지지 않았다.
모드는 이런 크리스마스 장식품을
성인이 되어서도 꾸준히 만들었는데,
그녀가 작업하는 모습을 직접 본 사람들은 장애로 굽은 손가락으로
포일과 밀을 이용해 정교한 부케를 만드는 모습이 놀라웠다고 한다.
사람들에 따르면 어린 시절의 모드는 행복한 아이였다. 총명한 눈을
가진, 재능 있고 적극적인 아이로 자랐다. 집에 피아노와 축음기가
있었다는 것으로 보아 다울리 집안은 상대적으로 살림이 넉넉한
편이었던 것 같다. "좋았던 시절은 다 지나갔죠." 모드는 그 시절을
회상하면서 이렇게 말했다. "우리 집에는 커다란 나팔이 달린 축음기와
레코드판들이 있었어요." 모드의 어린 시절에서 가난의 흔적은
찾아보기 힘들다. 비록 모드의 어머니가 검소하고 자족적인 살림을
했어도, 모드가 가난과 인색함을 경험한 것은 훗날 마셜타운에 살
때였다.

무제, 연도 미상
종이에 수채 물감과 잉크
8.5 × 13cm
개인 컬렉션

1940년대 딕비에서 소는 다목적 가축이었다.
이 그림에서는 외쟁기를 끌고 있다.
무제, 1968
파티클보드에 유화물감
40.4×52.8cm
앤 폴린 컬렉션

모드는 어린 시절을 보낸 사우스 오하이오의 집을
완벽하고 목가적인 곳으로 기억했다.
봄날Springtime, 연도 미상
파티클보드에 유화물감
28×30cm
셜리 로버트슨 컬렉션

도리스 매코이가 1967년에 잡지 〈애틀랜틱 애드버킷The Atlantic
Advocate〉에 쓴 글에서 "모드는 소아마비에 걸려 팔과 손에 장애가
생겼다"고 했지만, 사실과는 다른 것으로 보인다. 뒤틀린 손가락과
턱의 기형, 그리고 굽은 몸은 태어나면서 가진 장애였을 가능성이 크다.
모드가 어린 시절 농장집 문 앞에서 찍은, 희고 큰 고양이 한 마리가
전면에 등장하는 사진을 보면 이미 그런 신체적 특징이 보인다. 그렇지만
그 사진에서도 사람을 끌어들이는 모드 특유의 미소와 부드러움은
경쾌할 만큼 분명하게 드러난다.

모드는 사우스 오하이오의 시골 학교에 다녔지만, 꾸준히 출석하지는
않았다. 기록을 보면 열한 살이 될 때까지 1, 2, 3학년을 마쳤다고 나온다.
대개 그 나이에 다른 아이들은 5학년이나 6학년을 마친다. 하지만 그
이유가 그녀가 아파서였는지, 아니면 당시 노바스코샤의 시골 학교들이
그랬던 것처럼 교사를 구하기 어려워서였는지는 알 수 없다.

모드가 어린 시절을 보낸 사우스 오하이오의 집은 자애로운 부모와
반려동물, 음악, 그리고 그림으로 가득한 행복한 곳이었다. 모드는
가족이 함께 살던 시절을 행복하게 기억했다. 어느 일요일 오후에 가족이
함께 소풍을 나섰던 때를 기억하며 그녀는 이렇게 말했다. "온 가족이
함께 바닷가로 소풍을 가곤 했어요. 이제는 모두 떠나고 없지만요."
행복했던 어린 시절은 모드에게 깊은 인상으로 남았으며, 훗날 평생동안
만든 작품들의 바탕이 되었다.

모드의 고양이들은 항상 플러피라는 똑같은 이름을 가졌다.
고양이와 꽃은 그녀가 가장 좋아한 소재였다.

무제, 연도 미상
파티클보드에 유화물감
35.7×30.7cm
도나 캐머런 컬렉션

집을 떠나다

Cast Away From Home

야머스의 그린 섬으로 소풍을 간 모드(맨 왼쪽), 1935년

모드가 열한 살이 되던 1914년, 그녀는 가족을 따라 군청이 있는
야머스로 이사했다. 모드의 아버지는 부둣가에서 멀지 않은
젠킨스가에 위치한 작은 창고 건물에 마구점을 차렸고, 가족은
호손가에 집을 구했다. 여러 해 동안 다울리의 마구점은 그 동네의 다른
상점들, 가령 미나드의 약국과 전보국, 랍스터 도매상과 마찬가지로
규모가 크지는 않아도 장사가 잘됐다. 모드의 아버지 존 다울리는
상점의 문을 통해서 페리선이 도착하는 것을 볼 수 있었고, 바빠서
내다볼 수 없을 때도 뱃고동 소리로 배의 도착을 알 수 있었다.
야머스는 그때나 지금이나 노바스코샤의 중요한 항구로, 좋은 학교와
지역 병원을 갖추고 있었고, 소위 보스턴주Boston States(캐나다 선원이나
항구지역 주민들이 보스턴을 중심으로 한 미국의 뉴잉글랜드 지역을 가리키던
말)에서 배로 캐나다 노바스코샤로 들어오는 가장 중요한 관문이었다.
야머스 사람들은 존 다울리를 자신의 일을 꾸준하고 진지하게 하던
조용한 사람으로 기억한다. 가솔린 엔진이 말을 제치고 대세가 되자,
그는 마구 대신 다른 종류의 제품을 만드는 일을 했다. 가죽 제품들,
여성용 핸드백이나 선원들의 더플백, 여행용 가방 같은 캔버스 제품을
수선하기도 했다. 상점의 주인이었던 그는 종종 견습생을 고용했고,
무연탄으로 집을 따뜻하게 유지할 만큼의 돈을 벌고 있었다. 당시
영국에서 수입하던 무연탄은 캐나다의 케이프 브레튼섬에서 채굴하던
무르고 황갈색을 띤 유연탄에 비해 훨씬 고급이었다. 그의 사업으로 네
명의 가족은 편안한 생활을 할 수 있었다.
야머스 같은 소도시에서 사람들이 아이들을 보고 그들의 부모가

모드의 아버지 존은 대장장이이자,
마구를 만드는 장인이었다. 모드 그림 속의
마소는 언제나 잘 장식된 마구를 제대로
착용하고 있다.

대장장이The Blacksmith, 연도 미상
보드에 유화물감
22.8×30.5cm
울러버 가족 컬렉션

누구인지 안다는 것은 그 가족이 지역사회와 잘 연결되어 있음을
의미했다. 그런데 다울리 가족은 야머스 사람들이 보기에 다른
가족들과 달리 닮은 점보다 다른 점이 더 많아 보였다. 모드의 아버지
존은 온화하고 인내심 있고 쾌활한 성격이었지만, 어머니는 수줍음
많고 내성적이었다. 대화를 길게 하거나 농담을 잘 하는 성격이
아니었고, 집을 벗어나는 일도 별로 없었다.

하지만 아들 찰스는 사회성이 매우 발달한 사람이었고, 여자들에게
인기가 좋았다. 그는 야머스의 중심가에 있는 캐피톨 극장의
매니저로 일하면서 '게이트웨이 포'라는 밴드에서 색소폰을 연주했다.
야머스에서는 '찰리'(찰스의 애칭)를 모르는 사람이 없었으며 지금도
그가 얼마나 매력적이었는지를 기억하는 여성들이 남아 있다.

그리고 모드가 있었다. 그녀는 신체 기형이라는 무거운 짐을 지고
살아가는 작은 요정이었다. 모드는 열네 살에 5학년을 마친 후로
학교를 떠났다. 병과 기형이 그 결정에 영향을 준 것으로 보인다.
아이들은 길거리에서 모드를 놀렸고, 그녀의 납작한 턱을 흉내 내곤
했다. 집이 있던 호숫가에서 학교까지 걸어가는 20분은 고통이었고,
모드의 학교 교사였던 사촌 언니 에바 그레이에게 가서 위로를 받곤
했다.

비록 모드는 학교 친구들처럼 야머스의 상점들에서 일하지는
않았지만, 그녀에게도 수입은 있었다. 어머니의 정성스런 보살핌으로
피아노를 치는 법을 배웠고, 손가락 기형이 더 심해지기 전까지는
피아노를 쳤다. 외출을 하는 일은 적었지만, 오빠의 도움으로 가끔씩

야머스의 부두를 그린 이 풍경화는 모드가 그린
최초의 유화 작품으로 알려져 있다.
무제, 1948년경
파티클보드에 유화물감
23.2×30.5cm
존 & 제인 와이트먼 컬렉션

캐피톨 극장에서 영화를 봤고, 영화관에 다녀올 때는 어머니와 함께
했다. 오빠가 자신의 공연에 데려가려고 시도하기도 했지만, 모드는
파티에 가거나 춤추러 가지는 않았다. 한번은 그런 섬으로 소풍을
가기도 했다. 오빠와 새언니 거트, 그 외에 몇몇 젊은 커플들이 각자
50센트씩을 내고 함께 고깃배를 빌렸다.

모드가 부두의 사다리를 오르내릴 수 있었다는 사실은 그녀가
'불구'였다는 일부의 주장이 틀렸음을 보여준다. 약간 기형이 있었을
수는 있어도, 배를 타고 소풍을 다녀올 수 있을 만큼 활동에는 지장이
없었다. 야머스에서 사용하던 부둣가 사다리는 떡갈나무나 전나무
목재에 철로 만든 가로대를 박은 것으로, 밀물과 썰물 때 10미터
가까운 차이가 생기는 부두에서 사다리를 타고 오르는 일은 쉽지
않았다. 그 소풍을 간 것이 밀물 때였는지, 썰물 때였는지는 모르지만,
모드는 그렇게 나들이 하는 데 아무런 어려움이 없었다.

다른 여성들과 함께 찍은 사진 속의 모드는 검은색의 긴 치마를 입고
있다. 소위 '모던 걸'들은 바지를 입고 있고, 여성들 중에서 코미디언
역할을 하는 듯한 한 명은 오버롤(위아래가 붙은 작업복으로, 주로
남자들이 입었다)을 입고 있다. 하지만 모드는 혼자만 다른 여성들에게서
떨어져 있고, 한 손을 팔꿈치 밑에 숨기고 있다.

모드를 좋아했던 사람도 많았다. 하지만 그런 그들도 모드를 놀려서
고통을 주었고, 시간이 지난 뒤 그 일을 후회했다. 훗날 미용사가 된
친구 메이 로지는 모드가 만든 카드를 받아다가 자신의 미용실에
전시해서 판매해 주었다. 카드를 미용실 창문에 늘어놓고 판매가 되면

모드가 자란 야머스와 딕비는 고기
잡는 배들로 유명했다.
무제, 1963년경
파티클보드에 유화물감
22.5×29.1cm
캐롤 리건 컬렉션

맥스Max, 연도 미상
이튼 아트보드에 유화물감
27.9×35.5cm
올러버 가족 컬렉션

모드에게 돈을 건네 주었다. 모드는 메이와의 우정을 아주 소중하게
생각했고, 메이가 친구들의 글과 서명을 모아둔 앨범에 "사랑이나
우정이 없는 인생이 무슨 의미가 있을까?"라는 말을 남겼다. 모드가
남긴 이 말은 우리가 모드의 가장 파악하기 힘든 부분을 이해하는 데
중요한 도움을 준다. 수줍음 많고 창의적인 사람들이 흔히 그렇듯,
모드는 자신의 감정을 숨기고 그것을 작품으로 드러냈다. 모드가 만든
카드와 그림들은 그녀의 가장 깊숙한 감정의 분출구 역할을 해 주었다.
모드의 젊은 시절 마지막 몇 해는 그렇게 호손가의 편안한 집에서
흘러갔다. 아마 사람들은 그녀가 그렇게 그 집에 남아서 나이든
부모님을 보살피며 벗이 될 것으로 예상했을 것이다. 하지만 1935년,
모드의 인생은 극적으로 변했다. 아버지 존 다울리가 세상을 떠난
것이다. 아버지의 뒤를 이어 어머니도 1937년에 세상을 떠났다. 모드는
그 후 잠깐 동안 오빠 찰스와 그의 아내 거트와 한집에서 살았다.
하지만 불행히도 찰스는 다른 여자를 만나며 거트를 떠났고 호손가에
있던 집은 비어 버렸다. 찰스는 빨리 모드에게서 '손을 떼고' 싶었고,
서둘러 그녀를 '북쪽 바닷가' 딕비에 사는 이모 아이다 저메인의 집으로
보내 버렸다. 야머스 사람들은 "(찰스가) 모드를 데리고 있은 지 오래지
않아 곧 딕비로 보내 버렸다"고 말했다.
다울리 집안의 남은 유산은 찰스의 손에 들어갔다. 모드는 한 푼도
받지 못했고, 자신의 물건 몇 가지만 챙길 수 있었다. 부모만 잃은
것이 아니라 오빠도 잃은 셈이었다. 모드에게 오빠 찰스는 유일하게
남은 가족이었지만, 그는 모드를 돌보고 싶어하지 않았다. 찰스는

펀디만의 썰물로 진흙 바닥에 놓여 있는 범선.
무제, 1963년경
파티클보드에 유화물감
29×34.4cm
캐롤 리건 컬렉션

1930년대 후반에 개인적으로 어려운 시기를 보냈는데, 제2차 세계대전 참전을 결혼 문제에서 도피하는 핑계로 삼았다. 전쟁에서 돌아온 후에는 핼리팩스에 집을 마련했고, 그 후로 다시는 모드와 만나거나 이야기하지 않았다. 딱 한 번 딕비에 사는 아이다 이모를 방문한 적이 있지만, 고작 6킬로미터밖에 떨어져 있지 않은 마셜타운에 사는 동생은 찾지 않았다.

사람들은 부모님이 살아 계실 때는 분명 가까웠던 오빠와 동생 사이가 왜 그렇게 멀어졌는지 의아해한다. 찰스는 모드가 미혼 여성이라는 사실, 그리고 무엇보다 혼자서 먹고살기 힘들다는 사실에 무관심했던 것으로 보이며, 그래서 모드의 생활에 대한 책임에서 자신을 분리시켰다. 가뜩이나 가슴 아픈 이 상황은 그 시기에 모드가 결혼하지 않은 채 임신을 하면서 비극으로 이어졌다. 다울리 가족을 기억하는 야머스 사람들에 따르면 모드는 어머니가 돌아가신 그해에 아이를 낳았다. 그 아이는 야머스에 사는 다른 가정에 입양되었고, 자라면서도 자신의 어머니가 누구인지 알지 못했다. 훗날 결혼을 했고, 이 책이 나오기 몇 년 전에 세상을 떠났다. 모드가 임신을 한 정황에 대해서는 알려진 바가 없고, 입양된 아이에 대한 출생기록 역시 남아있지 않다. 이 일이 오빠와 동생의 관계에 어떤 영향을 주었는지를 이해하려면, 60년 전(이 책이 1996년에 쓰였으므로 1930년대를 의미한다) 결혼하지 않은 여성이 아이를 낳는 것이 얼마나 심각한 사회적 낙인이 찍히는 일이었는지를 알아야 한다. '미혼모'는 가족과 친구들에게 배척을 당했고, 어떤 사회적 권리나 권위도 인정받지 못했다. 미혼모가 낳은 아이는 서둘러 입양되었고, 친부모에 대한 기록은 남기지 않았다.
모드의 임신은 찰스가 그녀를 팽개치게 한 촉매제가 되었을 것이다.
1965년, 모드를 존경하는 어느 기자와의 인터뷰에서 그녀는 오빠가
세상을 떠난 것처럼 이야기했다. 하지만 사실 찰스는 모드가 세상을
떠난 후에도 2년을 더 살았다. 그러나 모드는 마셜타운의 이웃들에게
자신의 가족에 대해 한 번도 이야기하지 않았다. 마치 존재한 적이 없는
사람들처럼.

초라한 결혼식

A Wedding
Without Bells

직접 자르고 쪼갠 나무로 집을 난방했던 에버릿 루이스.

모드가 열여덟의 나이에 에버릿 루이스와 결혼했다는 이야기는
잘못 알려진 사실이다. 그게 사실이라면 그녀가 야머스의 부모님
집에서 살았을 때 에버릿을 만났어야 한다. 하지만 노바스코샤주의
결혼증명서에 따르면 그 둘은 1938년 1월 16일에 바튼에서 결혼했다.
그때 모드는 서른넷이었다.

그 당시 노바스코샤의 시골에 살던 여성들은 스무 살이 되기 전에
결혼하는 것이 일반적이었다. 심지어 16, 17세에 결혼하는 일도 종종
있었다. 30대에 들어선 모드는 외모로 보나 지역사회에서의 평가로
보나 결혼할 가능성이 극히 제한적이었기 때문에, 사람들은 그녀가
그냥 혼자 '그럭저럭 살고' 있다고들 했다.

에버릿은 그들 사이의 '구애'가 어떻게 진행되었는지 여러 차례
이야기한 바 있다. 그런데 그의 이야기는 항상 조금씩 달랐고, 모든
이야기를 다 들려준 적은 없었던 것으로 보인다. 그의 말에 따르면,
두 사람이 처음 만난 것은 1937년의 일이다. 44세의 독신남이었던
에버릿은 '함께 살거나 집안일을 해 줄' 여성을 찾고 있다는 광고를
마을의 가게 몇 군데에 붙여 두었다. 광고 문구에 결혼에 관한 언급은
없었다. 에버릿은 널판지 지붕이 있고 흰색 페인트를 칠한 작은 집
한 채와 조그마한 땅, 그리고 포드의 모델 T 자동차 한 대를 가지고
있었다.

하지만 그들의 만남은 모드가 주도했다고 보는 것이 맞다. 에버릿이
광고를 붙이고 얼마 지나지 않아 모드는 딕비의 아이다 이모 집을 나와
콘웨이를 지나 큰길로 가서 기찻길을 따라 마셜타운으로 걸어갔다.

52

모드는 구빈 농장 옆에 있는 작은 오두막집에 아무런 연락도 하지 않고
도착해서 문을 두드렸다. 에버릿에 따르면 자신은 그렇게 다짜고짜
찾아온 모드를 두고 쉽게 결정을 내리지 못했지만, 그가 키우던 개는
모드가 이 집에 살게 될 것을 바로 눈치챘다고 한다. "그때 나는 개를
하나 키우고 있었어요. 꽤 똑똑한 놈이어서 아무도 집에 들어오지
못하게 했죠. 그런데 모드가 왔을 때는 아무런 소리도 내지 않더라고요.
웃기지 않아요?"
다른 지원자도 없었지만, 에버릿은 자신의 개만큼 빨리 결정을
내리지 못했다. 에버릿은 자동차가 있었으면서도 그날 밤에 모드를
집에 데려다 주겠다는 제안도 하지 않았다. "날이 어두워져서 기차가
지나가는 굴다리까지 같이 가 줬어요. 거기서부터 집까지는 혼자
가라고 했죠." 에버릿이 말한 굴다리는 그의 집에서 약 1.6킬로미터
정도 떨어진 곳에 있었다. 그곳에서 모드는 10미터 가까운 경사를
기어올라가서 다시 기찻길을 따라 아이다 이모 집으로 돌아갔다.
"다음 날 운전을 하고 가다가 모드를 지나쳤지만, 태우지는 않았어요."
하지만 그 둘 사이에 어떤 교감이 있었는지 에버릿은 마음을 바꿨다.
"며칠 뒤에 모드가 다시 찾아왔는데, 그때는 집에 태워다 줬어요.
그러고 나서 결혼을 했고, 모드가 우리 집에 살러 왔지요."
모드는 결혼 살림으로 가지고 올 것이 거의 없었다. 지참금도, 가진
돈도 없었다. 딕비의 다른 여자들처럼 벌목공 캠프에서 요리를 하거나
부둣가에서 생선을 손질해서 '돈을 좀 모을' 수 있던 것도 아니었다.
에버릿도 참 가난한 사람이었지만, 모드에 비하면 가진 게 많았다.

딕비에서 마셜타운을 오가는 도미니언 애틀랜틱 철도.
모드는 가정부를 구한다는 에버릿의 광고를 보고
이 철도를 따라 걸어갔다.
아이의 특별한 하루A Child's Special Day, 1960년경
파티클보드에 유화물감
31×36cm
셜리 로버트슨 컬렉션

모드의 남편 에버릿 루이스는 생선을 잘 팔았다.
장사꾼과 트럭과 개Peddler, Truck and Dog, 연도 미상
보드에 유화물감
22.8×30.5cm
울러버 가족 컬렉션

에버릿이 키우던 많은 개들 중 하나인 빌

갈색 개Brown Dog, 연도 미상
카드보드에 유화물감
17.8×25.4cm
울러버 가족 컬렉션

모드가 딕비의 이모 집에서 마셜타운까지 처음 걸어간 지 몇 주 만에
그 둘은 결혼했다. 에버릿은 첫 만남 후 일주일 만에 결혼한 것으로
기억하고 있었지만, 일주일 내에 결혼증명서와 주례 목사를 구할 수
있었을 리는 만무하다. 게다가 스스로 인정하듯, 에버릿은 결정하는 데
시간이 필요한 사람이었다.

에버릿에게는 돈과 무관한 걱정이 하나 있었다. 모드의 사촌인 조지
개블의 아내는 결혼 전에 에버릿이 모드의 친척들을 찾아와서 모드의
손에 대해서, 그리고 그녀가 가진 병의 원인에 대해서 물어보았던 것을
기억한다. "에버릿이 저희 집에 와서 모드의 손이 왜 그렇게 되었는지
물어보더라고요." 모드가 소아마비를 앓았다고 잘못 전해진 이야기는
아마도 여기에서 시작된 듯하다. 모드의 증상이 전염성이 있는 것이
아님을 확인한 에버릿은 모드와 결혼했다.

수줍음 많은 모드의 성격이나 당시 풍습을 고려했을 때, 모드가
10킬로미터 가까운 거리를 걸어서 모르는 남자의 집에 찾아갔다는
점은 낯선 행동인 게 사실이다. 모드가 에버릿의 집에 찾아갔을 때
개가 짖지 않았다는 이야기는 평소 사람들과 가깝게 지내지 못하던
에버릿의 성격을 잘 보여 준다. 하지만 그들의 결혼에 관해서는
에버릿의 이야기와는 다른 설명도 있다.

모드는 이모 아이다 저메인이 거둬들인 첫 번째 '고아'는 아니었다.
많은 사람들이 아이다의 친절과 후한 성격의 덕을 봤고, 그녀의 편안한
집에 머물렀는데, 그중 한 명이 모드의 사촌인 아서 설리번이다.
설리번의 기억에 따르면 "아이다 이모는 모드가 에버릿과 결혼하는

결혼식 파티The Wedding Party, 연도 미상
이튼 아트보드에 유화물감
27.9×35.5cm
울러버 가족 컬렉션

것을 반대했어요… 친척들은 모드에게 거절하라고 했지만, 모드는
고집을 부렸죠. 아이다 이모는 에버릿을 신뢰하지 않았습니다. 이모는
훌륭한 사람이었고, 기독교 신자였습니다… 에버릿은 이모 집에 생선을
팔러 왔었고, 모드가 거기에 사는 것도 알았어요. 이모는 에버릿이 낸
광고도 알고 있었습니다."

모드는 외가인 저메인 집안의 젊은 친구 아놀드 쿡에게 에버릿의
광고에 대해 들은 것일 수도 있다. 아놀드는 에버릿이 가정부를 구하니
거기에나 가보는 게 어떠냐고 장난을 쳤는데, 놀랍게도 모드가 정말로
찾아갔던 것이다. 그러나 에버릿 루이스를 잘 아는 프리 시블리는
전혀 다르게 기억한다. 그에 따르면 에버릿이 모드에게 구애를 했고,
그의 포드 모델 T가 중요한 역할을 했다. "그 두 사람은 결혼 전에
이곳 자갈밭 옆에서 만나곤 했어요." 두 사람이 처음 만나게 된 계기가
무엇이든 에버릿은 생선을 팔러 딕비를 오가면서 모드를 몇 번 만났을
가능성이 있다. 그리고 에버릿에 대한 아이다 이모의 불신 때문에
모드는 에버릿이 사는 마셜타운까지 저녁에 혼자 걸어갔을 것이다.
비록 에버릿이 모드를 원했고, 모드 역시 외로웠지만, 모드라고
해서 조건이 없는 것은 아니었다. 모드는 '집안일을 해 주거나' '함께
사는' 것을 원하는 에버릿의 제안을 거절하고 결혼을 고집했다. 살아
있는 사람들 중에 그들의 결혼식을 기억하는 사람들은 없다. 하지만
모드는 한 작품에서 자신의 결혼식을 묘사한 적이 있다. 키가 크고
마른 에버릿과 아주 조그마한 모드 자신이 마차를 타고 줄지어 선
사과나무와 튤립밭 사이로 난 시골길을 달리는 개성 있는 그림이다.

하객은 보이지 않고 활짝 핀 꽃들만 있는 조용한 결혼식이었다.

"이 그림의 제목은 '결혼식 파티'예요." 그 그림을 산 사람에게 모드가 한 말이었다.

집이라는 캔버스

A House Ready for Painting

모드가 그림을 그리는 동안 남편 에버릿은 집안일을 했다.

에버릿 루이스와 결혼했을 때 모드의 경제 수준은 자발적으로 한 계단 내려갔다. 모드의 친가인 다울리 집안이나 외가인 저메인 집안 모두 열심히 일해서 어느 정도 풍족한 삶을 누리는 사람들이었고, 다행히 친척 몇몇은 모드를 보살펴 주었으며, 자기 집으로 데려와서 함께 살았다. 부모를 잃은 모드에게 아이다 이모의 집은 새로운 가정이나 다름없었다. 대단히 큰 집은 아니었지만, 잘 지어진 집이었고 깔끔하게 관리됐다. 훗날 이모의 집은 세인트 매리가로 옮겨졌는데, 부서지거나 비뚤어지지 않았다는 것이 그 집이 얼마나 잘 만든 집인지를 보여 준다. 거기에 비하면 모드가 남편과 함께 살던 집은 작은 상자나 다름없는 오두막이었다.

에버릿 루이스는 큰 길가에 가로 45미터, 세로 40미터 정도 되는 작은 땅을 르우벤 앱트라는 사람에게 매입한 직후인 1926년에 자신의 작은 오두막을 마셜타운으로 옮겨 왔다. 구빈 농장 출신인 에버릿의 어머니 매리가 르우벤 앱트의 집에서 가정부로 일하면서 아들이 땅을 살 수 있도록 거래를 주선한 덕분에 에버릿은 싼 가격에 토지를 매입할 수 있었다.

에버릿의 집은 침실로 사용하는 다락방 외에는 단 한 칸짜리 오두막이었는데, 손 브라운이라는 사람에게 샀다. 손 브라운 또한 그 집을 존 라이언이라는 선장에게 샀는데, 외벽과 지붕은 전나무 너와로 되어 있었고, 토대는 따로 없었다. 그 집이 모드가 결혼식 후에 살 집이었고, 그녀의 가정이자, 작업실인 동시에, 그녀가 그 후로 32년 동안 그림을 그려 넣을 캔버스이기도 했다.

모드의 작품을 좋아하던 사람들은 그 집에 방이라고 할 만한 것이
따로 없었다는 사실과 그녀가 집에 그림을 그렸다는 사실을 즐겨
이야기한다. 그 집을 본 누군가는 이렇게 말했다. "모드는 집 안에 있는
것들 중에서 편평하고 고른 표면이 있는 것들에는 전부 꽃과 나비를
그려 넣었다. 심지어 검은색 스토브에도 그림을 그렸다. 들어와서 차를
마시고 가라고 했지만, 에버릿이 집안일을 잘하는 성격은 아니어서
의자 위에는 책과 옷, 그리고 미술도구가 가득해 앉을 곳은 어차피
없었다." 하지만 그 보잘것없는 집은 오늘날 모드 루이스의 유산이라고
자랑스럽게 불리는 작품들의 중심이 되었다.

그 집은 에버릿의 사이즈에 맞는 집은 아니었다. 그는 마르고 키가
큰 사람이었지만, 그 집을 지은 앨버트 윈슬로우는 혼자 사는 작은
남자였다. 에버릿은 사람들에게 자신이 모드를 만나기 전에 소 여러
마리로 오두막집을 옮겨 왔다고 뻐기곤 했다. 그의 말이 완전히 틀린
것은 아니지만, 부풀려 말하기를 즐기는 성격의 에버릿은 집의 크기와
무게, 그리고 그 집을 옮기는 데 동원한 소의 숫자를 크게 과장했다.
에버릿은 찾아온 손님들에게 이렇게 말하곤 했다. "우리 집을 옮기는 데
소가 몇 마리나 필요했는지 맞춰 봐요."

"두 마리요."

"아니, 아니, 소 열 쌍이 필요했소! 실리 형제들과 번즈, 그리고 벤이
소들을 데리고 도와 주러 왔어요. 해롤드 심즈와 프레드 라이언도
왔죠" 하고 에버릿은 자랑스럽게 말했다. "저쪽 평지부터 끌고
왔어요. 밧줄을 걸었을 때는 마치 하이타닉(에버릿이 타이타닉을 잘못

모드의 그림 속 소들은 캐나다식 멍에를 머리에 쓰고 있다.
모드는 멍에를 항상 빨간색으로 칠했다.

전나무 아래에서Under Spruce, 연도 미상
보드에 유화물감
22.8×30.5cm
올러버 가족 컬렉션

모드는 소가 여름날 더위에 몹시 약한
동물인 것을 알고 있었다.
무제, 1960년경
보드에 유화물감
30.5×35.6cm
브루스 S. C. 올랜드 컬렉션

모드는 사계절의 풍경 속에서 소 그림을 그렸다.
가을이 되면 소들은 습지에서 자란 건초를 농장의
헛간으로 나른다.
한 쌍의 소Yoke of Oxen, 연도 미상
메이소나이트에 유화물감
33×45cm
존 필리터 & 클레비 월 컬렉션

짐 끄는 마소를 잘 다루는 사람은 여간해서는
가축을 때리지 않는다. 그림 속 소들은 (허공에
휘두른) 채찍 소리를 듣고 움직인다. 모드는
이 그림에서 채찍은 생략하고 나무채만 그렸다.
무제, 1947년경
보드에 유화물감
21.5×29.5cm
R. E. 맥알파인 부인 컬렉션

발음한 것으로 보인다)호에 닻을 던진 거 같았어요." 거대한 집 하나를
끌기 위해 소 스무 마리에 멍에를 매워 늘어세운 모습은 1920년대
딕비에서는 상당한 볼거리였을 것이다. 소 스무 마리면 아마 목재소도
옮길 수 있었을 텐데!

시간이 흘러 모드도 자신만의 임시 공간을 가질 수 있었다. 핼리팩스의
미술상이었던 클레어 스테닝이 모드가 그저 붓과 보드와 물감을
놓을 수 있는 트레일러 정도의 작업실을 원한다고 일러 주었기
때문이다. 1965년, 〈텔레스코프〉에서 모드의 이야기를 방송한 후
이웃이었던 엘리엇 두셋이 모드의 집 뒤뜰에 작은 양철 트레일러를
끌어와 세워 주었다. 석유 난로와 테이블, 의자, 그리고 냉장고를 갖춘
트레일러였다. 추운 겨울에는 사용할 수 없었지만 여름에 작업실로
사용하기 좋은 깨끗하고 밝은 공간이었다.

집은 에버릿의 소유였지만, 트레일러는 모드의 것이었다. 모드가
아파서 더 이상 사용할 수 없을 때까지 트레일러는 그녀의 작업실
역할을 충실하게 해냈다. 그녀가 자신만의 것으로 가질 수 있었던
유일한 재산이었지만, 이상하게도 모드는 트레일러만큼은 장식을 하지
않고 그대로 두었다. 어쩌면 트레일러의 금속 표면에 그림을 그리고
싶지 않았을지도 모른다고 생각할 수도 있지만, 사실 모드는 자주
금속에 그림을 그렸다. 모드는 냄비에도 그림을 그렸고, 심지어 금속
쓰레받기에 그림을 그린 적도 있다.

두셋이 트레일러를 큰돈을 받고 판 것 같지는 않다. 이웃사람들은
에버릿이 "종이돈을 꼭꼭 접는" 사람이라고 했다. 어쩌면 누군가

짐 끄는 소 한 쌍은 '팀team' 혹은 '요크yoke'(멍에)라고
불렀다. 모드는 혼자서 일하는 소도 그렸는데, 그런 소는
'데이곤dagon'이라고 불렀다.

건초 우차Haywagon, 연도 미상
파티클보드에 유화물감
23×30.5cm
개인 컬렉션

인정을 베풀면 잊지 않고 감사할 줄 알았던 모드가 두셋에게 그림으로
갚았을 수도 있다. 모드가 메이소나이트(나무 부스러기를 압축해서 만든
건축용 나무판) 보드에 그린 초기 그림 중 하나는 아직도 두셋 집안에
걸려 있다.

에버릿과 결혼 후 생활 수준이 떨어졌지만, 모드는 개의치 않았던
듯하다. 그녀는 오두막집을 자신의 터전으로 기꺼이 받아들였을 뿐
아니라, 에버릿의 아내라는 사실을 기쁘고 자랑스럽게 생각했다.
모드는 집 앞에서 사진 찍히기를 좋아했다. 자신의 인생에서 뭔가를
이뤄냈다는 증거였기 때문이다. 자신이 루이스 부인이고, 남편과 함께
자신들만의 집에서 사는 결혼한 여자라는 사실, 안정적이고 존중을
받는 독립적인 존재라는 사실이 그것이었다.

"나는 여기가 좋아요. 어차피 여행을 좋아하지도 않으니까요. 내 앞에
붓만 하나 있으면 그걸로 만족합니다."

모드는 다양한 일을 하는 소들을 그렸다.
이 그림 속 소들은 얼어붙은 길에서 벌목한
통나무 짐을 끌고 있다.
무제, 연도 미상
보드에 유화물감
29.5×39.2cm
더글러스 E. 루이스 박사 컬렉션

길가의 그림 가게

Roadside Business

모드가 그림을 그릴 보드를 확인하는 에버릿

모드와 에버릿이 결혼할 당시에 각자가 맡기로 한 역할은 전통적인
노동의 분담이었다. 모드는 요리와 청소를 담당하고, 에버릿은 집과
식료품을 제공했다. 결혼할 무렵에 에버릿은 일손이 필요한 농장을
돌아다니면서 숙식을 제공받고 일하는 생활을 그만두고 생선장수로
직업을 바꿨다. 함께 지내면서 집안일을 돌봐줄 일손을 찾는다는 그의
광고는 그가 장사할 때 사용하는 흥정 방법과 다르지 않았다. 결혼을
반드시 해야 한다면 하겠지만, 꼭 할 필요는 없다는 식으로 여지를
남겨두는 흥정이었다.

에버릿에게는 안된 일이지만, 튼튼한 가정부를 구하려던 그의 계획은
곧 좌절되었다. 모드의 손은 류마티즘으로 바닷가재의 집게 모양으로
뒤틀려 있었다. 시간이 지날수록 모드는 무거운 물건을 집어들 수
없었고, 버드나무 막대를 항상 옆에 두고 물건을 드는 데 사용했다.
따라서 그녀가 하기로 한 역할(요리와 청소)을 할 수 없음이 분명해졌다.
집안일을 잘하는 어머니를 옆에서 지켜봤던 모드이기에 자신이 그만큼
집안일을 잘해 내지 못한다는 사실을 잘 알고 있었을 것이다. 사실
모드가 건강한 시골집 아낙네였다고 하더라도 자신의 역할을 잘
하기는 쉽지 않았을 것이다. 식료품을 저장할 창고도, 화장실도, 부엌도
없는 집이었기 때문이다. 전기도, 전화도, 심지어 수도 시설도 없었다.
뜰에 물을 길을 우물이 있었지만, 그 우물이라는 것도 그저 땅을 파서
돌을 두른 후에 쥐가 빠져 죽지 않게 나무 판자 몇 장으로 덮어둔 게
고작이었다. 그 우물에서 물을 길어 집과 뜰에서 일할 때 사용했고,
우유와 버터도 그 우물에 넣어 두고 차게 유지했다.

MAUd. LEWIS

에버릿은 부두에서 생선을 사다가
인근의 마을을 돌아다니며
농부의 아내들에게 팔았다.
생선 팝니다Fish for Sale, 연도 미상
보드에 유화물감
22.8×30.5cm
올러버 가족 컬렉션

모드와 에버릿은 다락방에서 잠을 잤다. 지붕 때문에 천장이 기울어진 삼각형의 공간은 사다리를 사용해야만 올라갈 수 있었다. 모드가 앓아 누워서 브라이튼에서 토니 암스트롱이라는 의사가 방문한 일이 있었는데, 다락방으로 들어가는 좁은 공간을 통과하지 못해서 결국 모드를 다락방에서 데리고 내려와서 진찰을 해야 했다. 훗날 사다리를 계단으로 교체하기는 했지만, 모드는 더 이상 다락방에 올라가지 못하고 스토브 옆 소파에서 잠을 잤다.

집에 있는 스토브는 크고 불편한 물건이었다. 끊임없이 불을 다시 지펴야 했고, 쪼갠 나무를 꾸준히 넣어 줘야 했다. 굴뚝을 타고 역풍이 살짝 들어오곤 했기 때문에 집 안은 연기와 재로 자욱했다. 역풍이 들어올 때면 팔을 길게 뻗어 고쳐야 했다. 그 작은 오두막집에서 스토브 옆 조금 남은 공간은 일상적인 생활용품들로 채워졌다. 코트는 벽에 걸었고, 음식은 빵 상자에 넣었고, 스토브 위에는 철사줄을 쳐서 젖은 장갑과 빨래를 말리는 데 사용했다. 그렇게 하고도 남은 공간에는 소파 하나와 의자 몇 개를 쑤셔 넣었다. 모드의 취향에 따라 밝은 색 종이 달력을 벽에 붙였는데 어두운 밤에는 석유 램프의 빛을 받아 밝게 빛났다. 에버릿의 창고 건물은 비가 자주 샜기 때문에 난로에 넣을 나무를 집에 들고 들어와서 태우기 전에 '따뜻하게 좀 녹여야' 했다. 집을 좀 고치라고 모드의 지인들도 얘기를 하고, 그만한 돈도 모았지만, 30년의 결혼생활 동안 에버릿은 한 번도 집을 개선하지 않았다. 에버릿은 모드의 류마티즘이 점점 심해지면서 자신의 할 일이 더 늘어나는 것을 깨달았다. 하지만 에버릿은 기본적인 집안일을

모드의 농장 그림에는 울타리나 철사줄, 채찍,
새장 따위가 등장하지 않는다.
무제, 1960년경
보드에 유화물감
30.5×35.6cm
브루스 S. C. 올랜드 컬렉션

노바스코샤주 딕비의 부두에서는
지금도 이렇게 그물 수선하는 모습을 볼 수 있다.
무제, 1960년경
보드에 유화물감
30.5×35.6cm
브루스 S. C. 올랜드 컬렉션

하는 데 어려움을 느끼지는 않았다. 그도 그럴 것이 결혼 전까지는 혼자서 생활해 왔기 때문이다. 아버지가 집을 나간 후 어린 에버릿과 어머니는 군에서 운영하는 구빈 농장에 들어갔다. 에버릿의 시작은 그렇게 불운했고, 그의 기억에는 슬픔과 회한이 많이 서려 있었다. 어린 에버릿은 이곳 저곳의 농장들을 돌아다니며 일을 해 주는 대신 잠자리와 음식을 제공받으며 고생하는 어머니의 짐을 덜어주었다. 어린 시절 그의 1년은 봄에 씨앗을 심고 '정원을 준비'하는 일로 시작해서 10월에 사과를 수확하는 것으로 끝났다. 아침저녁으로 우유를 짰고, 자루가 긴 괭이로 잡초를 제거하고, 우차에 건초를 꾹꾹 눌러 담았다. 한 농장에서는 '배부르게 먹으면' 다음 농장에서는 일을 많이 시키는 바람에 '홀쭉해졌다'. 그의 걱정은 겨울을 어디서 나느냐였다. 바깥일이 많지 않은 겨울에도 남자아이에게 시킬 만한 일이 있는 농장을 찾아야 했다. 나이가 좀 든 후에는 최소한 두 번의 겨울은 웨이머스의 뮬렌 벌목장에서 요리사 보조로 일하며 보냈다. 그는 거기에서 빵 굽는 법을 배웠다.

에버릿은 '학교에 다니는' 대신 시골에서 살아가는 실용적인 지식을 배웠다. 가령 모드가 애플파이를 만들 줄 몰라도 에버릿은 할 수 있었다. 버려진 과수원에서 사과를 따는 것부터 시작해서 파이를 만드는 법까지 알았다. 그는 구리로 만든 줄을 이용해서 토끼 덫을 만들 줄 알았고, 토끼가 지나다니는 길을 찾아서 직접 만든 덫을 놓았다. 또 바닷물이 역류해서 강으로 바다빙어 떼가 몰려오면 초망을 휘저어 '한두 끼는 해결할 수 있을' 만큼의 생선을 잡는 법도 알았다.

가을 들판을 갈고 있는 말 옆으로
봄에 피는 튤립이 등장한다.
무제, 연도 미상
파티클보드에 유화물감
30.1×34.9cm
더글러스 E. 루이스 박사 컬렉션

가을이 되어 빙어 떼가 사라지고 강이 마르면 바튼에서는 맛조개를 캘
수 있었고, 만 머리에서는 접시 만한 대합조개를 잡을 수 있었다.
에버릿은 원하는 것을 공짜로 얻어 내는 데 능숙했고, 불쌍한 사람
시늉도 잘 했다. 만약 원하는 것을 공짜로 얻어 내지 못하면, 공짜나
다름없는 대가를 지불하고 얻어 냈다. 자신의 집도 그런 식으로
얻었고, 그 집을 따뜻하게 할 스토브도 그렇게 얻었다. 에버릿은 그
지역 어느 농장에서 일을 하며, 그 농장에 딸린 헛간에서 잠을 자면서
사용하지 않는 스토브를 발견했다. 에버릿은 그 스토브를 분해한 다음,
한 조각씩 가지고 나와서 자신이 집으로 삼으려는 작은 오두막으로
가져 왔다. 거기에서 스토브를 재조립했고, 구빈 농장 뒤에 있는
고물더미에서 아직 사용 가능한 쇠살대를 찾아냈다. 스토브 위에서는
요리를 할 수 있었고, 그 위에는 음식을 데울 수 있는 오븐도, 물을 데울
수 있는 탱크도 있었다. 모드는 그 집에 들어온 후 스토브에 노란색
데이지 꽃을 그려 넣었다.
에버릿은 오두막집 뒤편을 포함한 주위에 낡은 창고를 몇 개 지었다.
그중에는 단열이 되지 않은 전형적인 뒷간도 있었다. 닭을 키울 수
있는 오두막도 있었고, 개들이 뛰어다닐 곳도, 에버릿이 거칠게나마
목공일을 할 수 있는 작업실도 있었다. 모든 창고가 마치 비에 젖은
판지 상자처럼 어느 한쪽으로 기울어져 있었다. 에버릿은 그 창고에
너와를 덧붙이는 작업이 귀찮아서 타르종이(흔히 루핑이라고 부르는
방수용지)를 붙인 널판지로 덮어두었다.
어린 시절 농장을 돌아다니면서 일했던 에버릿은 농장일에 질려서 평생

다시는 하고 싶지 않았다. 그럼에도 불구하고 여기저기에서 농기구를
공짜로 얻어 모았고, 창고에는 낫과 톱, (쇠붙이를 가는) 줄, 긁개, 괭이,
삽, 삼지창, 손도끼, 자귀, 나무 도끼 등 각종 도구들이 가득했다. 그는
노바스코샤에 자기만큼 농기구가 많은 사람도, 자기만큼 농기구를
사용하지 않는 사람도 없을 거라고 했다.

에버릿은 낫과 가위로 집 뒤에 있는 작은 잔디밭의 잔디를 가꿨다.
모드는 그곳에 앉아 나비를 구경했고, 설치해 둔 끈과 철사를 타고
자신의 손이 닿지 않는 곳까지 올라가는 스위트피를 감상했다.

에버릿이 만든 최고의 작품은 정원의 꽃들이었다. 그는 꽃을 피우기
위해 세인트 매리 해안에서 해초와 바닷가재 껍질 따위를 가져다가
비료로 사용했다. 에버릿은 그 꽃들을 그림을 사러 온 손님들을 즐겁게
하는 데 사용했다. 모드의 그림을 구입한 여자 손님에게 스위트피 꽃을
꺾어 선물하기도 했다.

에버릿과 모드는 요즘 사람들이 하는 것 같은 쇼핑은 거의 하지 않았다.
에버릿은 큰 뜰에서 감자를 직접 재배했고, 집으로 돌아오는 길에
농부들에게 과일을 직접 사거나, 자신이 파는 생선과 농부들의 작물을
교환하곤 했다. 그 외에 일상적으로 필요한 것들은 에버릿의 기분에
따라 그때그때 쇼트리프 식료품점이나 사우스엔드 식료품점, 혹은
콘웨이에 있는 협동조합 중 한 곳에서 구입했다. 에버릿이 가게에 갈
때면 모드는 생강쿠키와 담배를 사다 달라는 말을 잊지 않았다. 모드는
카메오 담배를 선호했지만, 에버릿은 값이 더 싼 씹는 담배를 좋아했다.
에버릿은 오래 보관하지 못하는 식료품을 가게에서 구입하는 일이

겨우내 마구간에 있었던 말에게는 메이플 시럽을
모으는 작업도 즐거운 일인 듯 하다.
무제, 연도 미상
보드에 유화물감
39.2×52.4cm
더글러스 E. 루이스 박사 컬렉션

모드는 스위트피와 튤립과 장미 그리기를 좋아했다.
사과나무 꽃이 필 무렵 노래하는 새들이 돌아오는 건
모드에게는 기록으로 남길 만한 일이었다.

무제, 연도 미상
보드에 유화물감
27.3×30cm
도나 캐머런 컬렉션

거의 없었고, 그 대신 캔에 든 연유나 콩, 정어리, 소금에 절인 쇠고기를
사곤 했다. 신선한 우유나 버터는 주로 모드의 친구나 고객들이 선물로
가져다 주곤 했다. 그 고객 중에는 에버릿을 고용한 적이 있는, 딕비
농업조합 회장 로이드 맥닐도 있었다.

농촌에서 변호사로 활동한 나의 아버지 필립 올러버도 그렇게 선물을
받는 일이 흔했다. 밖을 돌아다니다가 치즈와 스모크햄, 꿀과 같은
음식을 곱게 포장한 박스를 받아 들고 들어오곤 했다.

에버릿은 집을 방문한 사람들에게 모드가 집안일을 제대로 하지
못한다고 비난하는 것처럼 들릴까 봐 조심하면서도, 집안일의
대부분을 자신이 한다는 사실은 반드시 이야기했다. 그러나 식사를
준비하고, 정원을 가꾸고, 빵을 구울 사람을 구하는 데 실패한 것은 더
이상 문제가 되지 않았다. 그 문제에 모드가 내놓은 해결책은 에버릿이
상상도 하지 못했을 정도로 좋은 것이었다. 모드는 크리스마스
카드를 다시 그리기 시작했다. 5월부터 10월 사이에 날이 화창하면
모드는 에버릿이 모델 T를 타고 생선을 팔러 가는 길을 따라나섰다.
모드는 수줍어서 자신의 그림을 팔지 못했기 때문에 차 안에 남아
있었고, 에버릿이 대신 손님들에게 그림을 보여 주었다. 그림을 판
돈도 에버릿이 직접 받았다. 오래지 않아 모드가 가정에 기여하는 몫이
원래 에버릿이 기대했던 집안일보다 크면 컸지, 작지 않았다. 모드는
집에 현금을 가져다 주었기 때문이다. 에버릿은 농기구를 모으는
것과 마찬가지로 돈 역시 모으고 싶어했지만, 농기구와 마찬가지로
모으기만 했을 뿐 사용하는 일은 적었다.

이 그림에는 모드의 그림을 사던 딕비의
더그 루이스의 아들 폴 루이스가 등장한다.
소와 자동차Cow and Car, 연도 미상
보드에 유화물감
22.8×30.5cm
올리버 가족 컬렉션

그런 역할 분담은 자존감이 필요했던 모드에게 자신이 가치 있는 존재라는 느낌을 갖게 해 주었다. 모드는 에버릿과 함께 모델 T를 타고 돌아다니기를 좋아했고, 어린 시절 야머스에서 그랬던 것처럼, 자신이 그린 카드를 파는 일에서 큰 만족감을 느꼈다. 하지만 부부가 그렇게 운전해서 돌아다니는 일은 1939년에 끝이 났다. 에버릿이 구빈 농장에서 야간 경비원으로 일하게 된 것이다. 그때부터 모드는 자기 집에서 그림을 팔기 시작했다. 이런 방식의 그림 판매는 그로부터 30년 동안 지속되었다. 모드가 그림을 그리는 동안 에버릿은 집과 스토브, 정원을 돌보고 밤에는 경비원 일을 했다. 두 사람은 그림을 사기 위해 차를 세우는 관광객이 있으면 함께 맞았다. 에버릿은 물건을 팔고 흥정하는 일을 좋아했고, 모드는 그림 그리기를 좋아했기 때문에 둘은 만족했다.

모드만의 빛과 색채

A Signature of light and colour

그들의 저녁 식탁에는 에버릿이 직접 만든 빵이 올라왔다.

우리는 모드 루이스가 결혼한 1938년 직후에 이미 유화 작품을
그리고 있었음을 안다. 생존하는 그녀의 친척에 따르면 모드가 제2차
세계대전 중에 페인트를 구하기 힘들어했다는 것이다. 1940년부터
1945년까지는 일반 페인트는 물론 그림을 그리는 유화물감도 모두
구하기 쉽지 않았다. 하지만 에버릿은 어쩌다 선박용 페인트 통이
바튼 해안에 떠다니는 걸 발견하면 냉큼 건져다가 모드에게 가져다
줬고, 모드는 그것으로 그림을 그렸다. 제2차 세계대전 시절의 모드의
그림을 보면 그렇게 운 좋게 얻은 페인트의 색으로 그린 것이 눈에
띈다. 야머스 부둣가를 그린 그림은 모드가 연도를 적어둔 최초의
작품으로 보이는데, 노란색과 갈색을 사용했다. 바다를 묘사한
그림에는 잘 사용하지 않는 색들임에도 불구하고 강렬하고 아름다운
그림이다.

모드가 건강하고, 또 물감과 보드를 구할 수 있었던 시절에 그녀는
하루에 그림 두 점을 그렸다. 1940년대에는 보드에 그린 그림보다는
크리스마스 카드를 더 많이 만들었는데, 훗날에는 그 비율이 반대가
되었다. 아마 가격 때문이었을 것이다. 카드를 팔아서는 동전을 받지만,
그림을 팔면 지폐를 받았다. 대부분의 아티스트와 마찬가지로, 모드
역시 단순히 돈만을 위해 그림을 그리지는 않았다. 그녀는 어린 시절의
행복한 기억과 시골 생활의 단순한 활동들을 화려한 색의 이미지로
구성하는 것을 즐기고 재미있어 했다.

자신만의 스타일이 발전하면서 모드는 펜과 잉크로 엽서를 베끼는
일을 그만두고, 유화물감으로 작업을 하기 시작했다. 대상을 분명하고

이 크리스마스 카드에는 겨울에는 돌아다니지 않는
파랑새가 등장한다.
크리스마스 카드Christmas Card, 연도 미상
종이에 수채물감
8.9×10.2cm
올러버 가족 컬렉션

직설적으로 묘사하는 모드의 화법에서 그녀와 동시대 인물인 미국의
모지스 할머니(애나 매리 로버트슨 모지스, 미국인들 사이에서 큰 사랑을
받았던 민속화가로 모드 루이스처럼 시골 풍경을 주로 그렸다. 1860년 출생,
1961년 사망)의 작품을 연상하는 사람들이 많다. 하지만 모드가 사용한
빛과 색채는 스스로 만들어 낸 독창적인 것으로, 그녀에게 직접적으로
영향을 준 화가는 없었다. 많은 화가들이 그렇듯, 모드가 처음 끌린
주제는 자연이었고, 그중에서도 해가 지는 풍경에 매료되었다.
한 그림에서 모드는 지는 해가 얼어붙은 호수에 반사되는 모습을
그렸다. 그림 속에는 사슴 가족 하나가 고요한 마을을 바라보고 있고,
하늘과 호수의 얼음 위에서 각각 두 개의 일몰이 일어나고 있다. 그
자체로도 아름다운 장면이지만, 그림 속에 등장하는 미묘한 모순과
일반적이지 않은 색채 때문에 더욱 아름다운 그림이다. 일부가 눈에
덮인 호수가 노을을 반사하는 모습은 참 기분 좋은 장면이지만,
모드는 거기에서 한 걸음 더 나아간다. 모드는 그 그림에 언덕 두 개를
그렸는데 낮은 언덕은 눈이 덮여 있는 반면, 그보다 높은 언덕에는
녹색을 뚜렷하게 사용했다. 낮은 산에 눈이 내렸는데, 더 높은 산에
눈이 내리지 않은 것은 자연의 법칙에 맞지 않지만, 그렇게 해서
만들어진 효과는 아름답다.
모드는 1940년대에 자신만의 스타일을 발전시키면서 자연의
법칙에 어긋나는 장면을 자주 그렸는데, 그 결과는 거의 예외 없이
성공적이었다. 눈이 많이 내린 풍경인데도 단풍나무가 여전히 붉은
잎으로 가득한 이유를 물으면 (일찍 내린) 첫눈이기 때문이라고

거울 풍경Winter Scene, 1950년경
보드에 유화물감
29.5×34.8cm
노바스코샤 아트 갤러리 컬렉션

대답했다. 하지만 모드는 단순히 빨간색과 노란색의 나뭇잎이 푸르고 흰 눈과 대조되는 모습을 좋아했던 것 같다. 그녀는 단지 자신이 좋아해서 계절에 맞지 않는 그림을 그렸다. 잎이 많고 색이 풍부한 숲을 좋아했기 때문에 겨울 풍경에도 잎을 그대로 남겨두었고, 새들도 마찬가지였다. 전나무에 활짝 핀 꽃들을 그려 넣은 것도 같은 이유와 기분에서였다.

모드는 자신이 그리는 그림을 분명하게 알고 있었다. 소에 다리를 세 개만 그려 넣은 것도, 소의 눈에 긴 속눈썹을 그린 것도, 실수가 아니라 의도였다. 모드의 그림을 깊이 연구해 보면 그런 특이한 장면들은 그녀가 즐겁고 유쾌한 작품을 만들기 위해 꾸준히 사용했던 장치임을 발견할 수 있다. 소의 속눈썹이나, 눈 덮인 풍경 속의 가을 단풍, 그리고 길을 막은 소를 그린 모드의 장난기 어린 작품들을 한데 모아 놓고 보면 그것이 의도된 것이지, 그림을 배우지 못해서 저지른 실수가 아님을 알 수 있다. 딕비의 민속공예가인 스티븐 아웃하우스의 말처럼, "모드의 그림 40점을 방에 모아 놓고 보면 생각이 달라진다."

모드의 의도는 마음을 따뜻하게 하는 색채와 장면 속의 미묘한 모순으로 사람들을 즐겁게 해 주고, 그들의 삶을 밝게 해 주려는 것이었다. 가령 어느 눈 덮인 집의 방 하나에 두 개의 유리창이 있는데, 한 장은 실내의 불빛으로 노란색인 반면, 다른 한 장은 마치 집에 불빛이 없는 것처럼 어두운 푸른 색을 하고 있다. 모드의 작품들에서는 그런 불일치가 꾸준히 나타나며, 그것이 모드만의 스타일이 되었다. 장면 속의 디테일에 등장하는 불일치는 종종 유머러스하기도 했다.

모드는 케이프섬의 고기잡이배들을 종종 밝은
색으로 칠했다. 에버릿이 남는 페인트를 가져다
주면, 모드는 그걸로 바닷가 풍경을 그렸다.
무제, 1963년경
파티클보드에 유화물감
28.5×33.2cm
캐롤 리건 컬렉션

썰매 몇 대가 언덕을 올라가는데 앞에 있는 한두 대에는 사람이 있지만,
세 번째 썰매에는 아무도 없는 식이다. 모드의 그림에 그런 장면들이
하도 자주 등장하다 보니, 그런 불일치가 모드의 서명을 대신하기도
한다. 그런 그림을 보노라면 "사람들이 이걸 발견할 때까지 기다려
봐요. 보면 웃을 걸요!" 하는 모드의 말소리가 들리는 듯하다.
모드가 그린 그림자 역시 일반적이지 않을 뿐 아니라,
비논리적이기까지 하다. 모드의 그림은 밝은 대낮인데도 그림자가 없을
때가 있다. 희미한 푸른색으로 그림자나 눈 위의 썰매 자국을 묘사할
때도 있었지만, 기차나 썰매 같은 그림 속 사물이 하나는 그림자가
있고, 다른 하나는 없는 경우도 있다. 캐나다의 전국영화협회가
모드의 일생을 그린 다큐멘터리 영화의 제목을 〈그림자 없는 세계A
World Without Shadows〉로 붙인 것도 그 때문이다. 아나폴리스 로열의
킹스극장에서 처음 상영된 연극도 같은 제목이었다.
그녀의 그림 속에서 빛과 그림자는 매우 중요한 역할을 했다. 모드는
밤 장면을 거의 그리지 않았다. 밝고 행복한 모습을 그리고 싶어했기
때문이다. 예외가 '한밤의 달빛Midnight Moonlight'이라는 작품이다. 잡지
〈샤틀레인〉의 1975년 크리스마스 표지에 등장한 이 작품에는 호숫가의
집과 다리가 등장하는데, 눈 덮인 전나무 위에 떨어지는 달빛을
아름답게 묘사하고 있다.
모드의 작품들이 그렇게 뚜렷한 특징들을 가지고 있다는 것은
다행스러운 일이다. 왜냐하면 모드는 자신의 그림에 서명하는 걸
종종 잊었기 때문이다. 대표적인 것이 딸기나무 밑에 눈방울새가

모드는 겨울 풍경에 단풍나무와 떡갈나무를
가을날의 단풍이 든 모습으로 그려 넣는 일이 많았다.
무제, 1960년경
보드에 유화물감
30.5×35.6cm
브루스 S. C. 올런드 컬렉션

있는 그림 두 점이다. 똑같은 그림인데 하나에는 모드의 서명이 있고, 다른 하나에는 없다. 나의 아버지는 모드에게서 그 두 점을 다 샀는데, 서명이 빠져 있는 그림을 모드에게 다시 가져가서 서명을 넣어 달라고 하지 않았다. 그 외에도 모드가 케이크 상자용 양철판에 그린 그림, 바닷가 조약돌에 그린 그림, 크리스마스 카드 등, 서명하지 않은 작품은 셀 수 없을 만큼 많다. 자신의 서명으로 작품을 완성한다는 생각을 하지 않았기 때문에, 누가 옆에서 말해 주지 않으면 서명을 빼먹을 때가 종종 있었다. 모드는 창조적인 활동 자체를 즐기는 사람이었지, 그 그림을 자신이 그렸다는 사실에서 뿌듯함을 느끼는 사람이 아니었다.

모드의 집 앞에 걸려 있던 '그림 팝니다'라는 팻말은 모드의 집이 유명해져서 그 자체로 광고가 되기 전까지, 그리고 〈샤틀레인〉의 기사와 CBC방송국에 프로그램이 방영되어서 모드가 유명해지기 전까지 도로변에서 그림 판매 사업의 등대 역할을 해 주었다. 모드는 그 팻말을 아주 정성껏 그렸다. 자신이 가장 좋아하는 파랑새, 사과꽃, 나비들을 그려 넣어 꾸몄을 뿐만 아니라 팻말 안에 들어가는 단어도 정성을 다해 썼다. 영문자 I 위에는 점을 하나 더 넣었고, 영문자 O 가운데에도 점을 넣었다. 그 팻말은 모드가 만든 최고의 작품 중 하나다.

그런 팻말을 하나 만드는 게 좋겠다고 제안한 사람은 다름 아닌 나의 아버지였고, 후에 그 팻말을 산 사람도 아버지였다. 하지만 아버지는 어머니가 그 팻말을 보고 지적하기 전까지 모드의 서명이

없다는 사실을 눈치채지
못했다. 이번만큼은 아버지도
모드에게 다시 돌아가서
팻말에 서명을 넣어 달라고
설득했다. 하지만 모드가
승낙하기까지는 시간이 꽤
걸렸고, 모드가 웃는 바람에
검은 배경에 흰색 페인트가
너무 많이 칠해졌다. 붓에
테레빈유가 너무 많이 묻었고,

모드가 길에 내건 팻말
그림 팝니다Paintings for Sale, 연도 미상, 검은 보드에
선박용 페인트, 76.2×61cm, 올러버 가족 컬렉션

옅은 페인트가 팻말에 떨어졌다. 아버지가 그걸로 농담을 하자 모드는
살짝 기분이 상해서 웃음을 멈추고 쏘아붙였다. "당신 때문에 이렇게
되었잖아요!" 그때 떨어진 페인트는 지금도 남아있다.

모드는 자신의 서명을 대개 검은색, 갈색, 초록색 등 그림을 그릴 때
마지막으로 사용한 색의 페인트로 했다. 서명 마지막에 들어가는 S는
다른 글자보다 살짝 컸고, 위치와 상관없이 대문자, 혹은 소문자로
썼다. 대부분의 경우 '모드Maud'의 M과 A는 대문자, U와 D는
소문자로 썼다. 팻말에서처럼 서명에서도 대문자 I의 위에서 점이 찍혀
있을 때가 있었고, 대문자 L의 가로선은 매끈하게 다듬으려고, 혹은
수평을 맞추기 위해 두세 번 겹쳐서 칠하기도 했다. 모드의 서명에
들어간 글자들은 뒤로 갈수록 점점 위로 올라가는 듯 보였다. 대문자
E는 종종 L 위에 걸쳐 있기도 했는데, 마치 E가 L에 걸터앉아 쉬려는

것 같아 보인다. E와 W사이에는 간격이 존재하고, S는 최소한 세 번의 붓질로 썼고, 마치 넘어질 듯 앞으로 기울어 있었다. 모드가 가장 쓰기 힘들어 한 글자는 S였던 것 같다.

1940년경부터 모드는 카드와 보드에 그린 그림에 'LEWIS'라고 서명을 하기 시작했는데, 이 때 I 위에는 점이 있기도 하고 없기도 하다. 그 시절 모드의 서명에

MAUD.LEWIS
M.LEWIS
M.LEWIS
LEWIS

시대별로 다른 그림 속 모드의 서명

나타나는 특징 중 하나가 LEWIS라는 글자들이 마치 25센트 동전의 주위를 둘러싸고 씌어진 듯 둥글게 늘어서 있다는 것이다. 모드는 자신의 이름에 E를 넣어서 'MAUDE'로 쓰는 일이 거의 없었지만, 예외적으로 초기에 제작된 크리스마스 카드에는 정성껏 쓴 E가 등장한다. 그것을 제외하면 모드는 자신의 이름에 E를 넣지 않았고, 모드가 친구들에게서 받은 편지에도 모드의 이름은 E 없이 Maud로 등장한다.

1950년 대, 모드가 딕비 밖으로도 알려지면서 모드는 자신의 그림에 'MAUD LEWIS'라고 서명했다. 그 시점에 모드는 크리스마스 카드를 그리는 일을 그만두었다. 디테일을 그리는 일이 힘들어졌기 때문이다. 모드는 "너무 성가셔서" 그렇다고 했다. 다섯 장을 팔아서 25센트를 벌 수 있으니 그림을 그려 파는 것보다 일은 많고 경제적인 가치는 적은 작업이었다. 그즈음 모드의 그림은 2달러에서 5달러까지 나갔다.

1960년대 말에 모드는 알 수 없는 이유로 서명에서 이름(MAUD)과
성(LEWIS) 사이에 점을 찍었다. 어쩌면 그 점이 모드의 미들네임인
케이틀린Kathleen을 의미하는 것일 수도 있다.

분명히 기억해야 할 것은 모드가 어린 시절에 글을 읽는 법과 피아노
치는 법을 배운, 똑똑하고 활발한 사람이었다는 사실이다. 남편
에버릿과 달리 모드는 글을 읽고 쓸 줄 알았다. 손과 손가락이 뒤틀렸던
말년에도 글씨를 알아볼 수 있게 썼으며, 때때로 작품에 서명을 남기지
않았어도 서명을 하지 못해서가 아니라, 자신의 이름이 굳이 그림에
애써 적어 넣어야 할 만큼 중요하다고 생각하지 않았기 때문이었다.
그림에 들어간 모드의 서명이 세밀하게 변화하는 것을 관찰하는 것은
그림의 진위를 밝히는 데 도움이 되었다. 안타깝게도 1980년대에
모드 그림을 흉내낸 위작들이 등장했다. 예술가를 자처하는 부도덕한
사람들이 모드의 그림은 베끼기 쉽다고 생각한 것이다. 그들의 범죄
수법은 이러했다. 먼저 뒷면이 녹색으로 된 파티클보드를 구해
〈크리스마스와 시골 우편함〉에 등장하는 소 몇 마리를 베껴 그린 후에
경매에 내놓고 200달러 이상에 파는 것이다. 하지만 모드 루이스를
흉내낸 위작들은 모드의 스타일과 아름다움을 하나도 갖추지 못하고
어설프게 흉내만 낸 그림들이다. 많은 위작들이 류마티즘을 앓던
모드가 도저히 그릴 수 없을 만큼 세밀한 디테일을 가지고 있었다.
그것만으로도 가짜는 금방 구분할 수 있었지만, 위조범들이 복사할 수
없었던 모드의 진품을 알 수 있는 방법이 있다. 모드와 에버릿이 뜻하지
않은 비밀 서명을 그림들에 남겼던 것이다. 저녁 식사가 준비되면

모드는 차우더(조개나 생선, 야채가 들어간 스프) 그릇을 앞에 놓기 위해
쟁반 위에서 그리던 그림을 에버릿에게 건네주곤 했다. 에버릿이 아직
물감이 마르지 않은 그림을 건네 받아서 마르도록 놓는 과정에서
모드의 손가락과 에버릿의 엄지가 보드의 가장자리 중간쯤에 닿아서
손도장이 찍히곤 했던 것이다. 모드의 그림이 진품인지를 알 수 있는
'서명'이 그렇게 그림에 들어갔다. 모드의 집은 항상 좁고, 그림을
그리던 환경이 너무나 나빠서 그녀의 작품들, 특히 초기 작품들에
붓에서 빠진 털과 마른 촛농 흔적이 있었을 뿐 아니라, 지문까지 찍혔던
것이다!

노바스코샤의 공공 기록물 저장소에서 모드에 관한 필름을 보면,
루이스의 집 옆에 있었던 구빈 농장의 모습에서 작은 디테일 하나를
발견할 수 있다. 바로 구빈 농장의 방문 가능 시간을 적어 놓은 팻말에
있는 글씨다. 대문자가 여기저기 엉뚱한 위치에 들어가 있고, 문장
중간에 마침표가 찍혀있는가 하면, S는 앞으로 고꾸라지려는 모습을
하고 있다.

불행하게도 이 팻말은 그 구빈 농장이 문을 닫은 1950년대에 버려졌다.
훗날 내가 이 책을 쓰기 위한 조사를 하던 중 마셜타운에서 그 팻말을
발견했을 때, 팻말의 나무는 심하게 썩어 있었고, 검은색 페인트 자국이
몇 군데 남아있을 뿐이었다. 구빈 농장에 있는 가난한 사람들을 친구나
친척이 만나러 올 수 있는 시간을 적어 넣기 위해 모드가 고생한
흔적이었다.

전나무에 꽃을 넣은 것은 자연을 실제보다
더 화려하게 꾸미는 모드의 습관을 보여 준다.
무제, 1965년경
메이소나이트에 유화물감
30.1×40.6cm
트레버 하우서 부부 컬렉션

손이 닿는 모든 곳에
A Primitive Technique

모드는 한 손을 다른 손 위에 놓고 그림을 그렸다. 1960년대 후반 이후에
그린 그림들은 그 전에 비해 붓터치에서 주저함이 느껴진다.

어머니에게 그림을 배운 것과 야머스에서 다닌 학교에서 글씨 쓰기
연습을 한 것을 제외하면, 모드는 독학으로 그림을 익혔다. 모드는
거의 모든 그림을 기억에 의존해서 그렸다. 필요한 물감을 항상 구할
수 있었던 것도 아니고, 그림의 바탕이 되는 재료 역시 이것저것 닥치는
대로 사용해야 했다. 모드는 유화로 잘 알려져 있는데, 그녀는 유화를
파티클보드나, 메이소나이트, 판지, 벽지, 이튼(카탈로그를 통해 우편으로
상품을 판매, 배달하던 기업)의 아트보드에 그렸다. 모드와 에버릿은
그것들을 구분하지 않고 모두 '보드'라고 불렀다. 모드 루이스가 천을
당기고, 표면을 처리한 전통적인 유화용 캔버스에 그림을 그렸다면
흥미로운 작품이었을 것이다. 하지만 아직까지 캔버스에 그린 작품은
발견되지 않았다. 1996년에 노바스코샤 아트 갤러리는 300개가 넘는
모드의 작품을 살폈지만, 캔버스에 그린 것은 한 점도 없었다.
유화 작품 외에도 모드는 다른 재료를 사용한 다양한 작품을 남겼다.
집에서 사용하는 물건에 그림을 그렸는가 하면, 크리스마스 카드나,
가리비 껍데기, 해변의 돌, 그리고 자신이 사는 집에도 그림을 그려
넣었다. 그녀는 모든 작품을 똑같은 방식으로 제작했다. 손에 닿는
붓을 집어 들고, 자신에게 남아 있는 물감을 찍은 후에, 그게 무엇이든
손이 닿는 물건에 그림을 그렸다. 모드의 제작 방식에는 그런
즉각성immediacy이 있었다. 마치 아이디어가 표면에 차오르면 그녀의
숙련된 손으로 즉시 표현해야 하는 것 같았다.
메이소나이트 보드와 전문 화가용 유화물감이 자신의 주 재료가
되기 전까지, 모드는 그리기와 스케치 연습을 많이 했다. 그녀가 글씨

모드는 그림이 선명하게 보이도록 그림자를 많이
그리지 않았다. 나무의 그림자나 썰매 자국은
희미한 푸른 선 정도로 묘사되었다.

무제, 1965
파티클보드에 유화물감
29.2×34.3cm
밥 & 매리언 브룩스 컬렉션

쓰기에 사용한 리넨으로 만든 노트 형태의 스케치북은 지금도 남아
있다. 월리스 인쇄소에서 빈 종이 카드를 공급하기 전까지 모드는
거칠고 표백이 되지 않은 종이를 카드 용지로 사용했다. 다행히 그녀가
그린 크리스마스 카드는 개인소장품으로 많이 남아 있다. 초기에
그린 크리스마스 카드들은 대개 그림이 섬세했고 수채물감으로 색을
입혔다. 그런 카드들은 모드가 유화물감으로 그린 그림보다 더 섬세한
디테일을 가지고 있다.

모드가 그림을 그려 넣은 집 안 물건들 중에는 솥과 냄비, (외벽)나무판,
현관문(양쪽 모두 그림이 있다), 덧문, 유리창, 다락방으로 올라가는
나무계단, 그리고 벽지가 있다. 움직이지 않는 물건에는 거의 다
그림을 그렸다고 보면 된다. 모드가 살아 있는 동안에도 사람들은
그런 물건들의 가치를 알아봤지만, 사후에는 수집가들이 모드 집 안의
물건들을 사기 위해 갖은 애를 다 썼다. 한번은 미술품 수집상이 예쁘게
생긴 여성 둘을 데리고 와서 에버릿에게 아양을 떨면서 벽에 그려진
그림을 사려고 한 적도 있다. 불행하게도 모드의 스토브를 장식했던
꽃들은 이제 노바스코샤의 주정부가 오두막집을 보관 중인 웨이벌리의
한 창고에서 녹과 먼지 속에 노바스코샤 아트 갤러리에 영구 전시될
날을 기다리고 있다.(이 책이 출간된 후 노바스코샤 아트 갤러리에
전시되었다.) 스토브는 복원이 불가능해 보인다.

모드의 컬렉션 중 특이한 것은 안쪽에 풍차가 그려진 베이킹용
양철용기다. 모드는 풍차를 그린 적이 거의 없는데, 딕비에서 유일한 이
풍차는 기얼링이라는 네덜란드계 사람이 베어 리버라는 마을에 세운

것이었다. 모드가 풍차를 직접 본 적이 있다면 그 풍차였을 것이고, 기얼링이 자신의 조국에 바치는 찬사였던 이 풍차에서 영감을 얻었을 것이다. 그 그림이 그려진 곳이 하필 양철용기였던 이유는 모드가 기얼링 풍차의 이미지가 떠올랐을 때 손이 닿는 곳에 그 물건이 있었기 때문일 것이다.

모드가 1950년경부터 해변의 조약돌이나 가리비 껍데기에 그린 그림들은 이제 귀한 수집품이 되었다. 문이 닫히지 않게 두는 굄돌로 사용할 수 있는 커다랗고 둥근 해변의 돌들에는 단순하게 꽃이나 나비를 그려 넣었다. 에버릿은 크리스마스 카드 대신 돌에 그림을 그리라고 제안했다. 표면이 매끈했을 뿐만 아니라 민들레만큼이나 흔하게 널려 있었기 때문이다. 하지만 돌은 무겁고 다루기 힘들기 때문에 모드가 좋아하는 재료는 아니었고, 다른 곳에 그릴 때처럼 정성을 다해서 그리지 않았다. 반면 가리비 껍데기에는 (대개는 검은) 고양이와 노란 나비가 들어갔고, 'Lewis'라는 서명도 들어갔다. 가리비 껍데기도 돌만큼 흔했다. 1950년대에 세계에서 가장 큰 가리비잡이 배는 딕비에서 출항했다. 가리비를 잡는 어부들이 껍데기를 벗겨서 바다로 던졌고, 어마어마한 양의 가리비 껍데기가 해안으로 쓸려 왔다. 가리비 껍데기는 재떨이로 사용되곤 했고, 모드의 눈에 띈 것도 아마 그래서였을 것이다. 크기는 크리스마스 카드 정도였고, 껍데기 안쪽의 진주조개 같이 깨끗한 표면은 그림을 그리고 싶은 욕구를 일으켰을 것이다.

1940년대부터 50년대까지 모드는 카드와 가리비 그림을 그려서

딕비의 유일한 풍차인 '기얼링의 풍차'가 등장한 케이크용 양철용기에
그린 그림. 이 풍차는 아직도 베어 리버에 남아 있다.
풍차The Windmil, 연도 미상
케이크용 양철용기에 유화물감
22.8×22.8cm
올러버 가족 컬렉션

에버릿이 생선을 팔러 다니는 길에 팔았고, 다른 그림은 집 앞을 지나는 관광객들에게 팔았다.

목공 기술이 있었던 에버릿은 집 뒤의 헛간에서 나무톱을 가지고 모드가 그림을 그릴 보드를 잘랐다. 에버릿이 구한 보드는 주로 구빈 농장에서 나온 쓰레기 더미에서 구한 나무판이나, 딕비의 쇼트리프 식료품점에서 얻은 판지 상자였다. 그가 보드 크기를 자로 재지 않고 '눈대중'으로 잘랐기 때문에 모드의 초기 그림들은 액자에 넣기 까다로웠다.

*　*　*

작은 오두막집에서 에버릿은 매일 아침 빵 한 조각과 차 한 잔을 마신 후 설거지할 접시들을 스토브 위 솥에 집어넣은 다음 모드에게 물감을 가져다 주었다. 창가 의자에 앉은 모드 앞에 놓인 다리 달린 쟁반은 식탁에서 이젤로 바뀌었고, 모드는 가장 저렴한 페인트 희석제인 테레빈유를 위태위태한 쟁반에 놓인 캠벨 수프 깡통에 조금 부었다. 모드가 팔레트로 사용한 것은 납작한 생선 통조림 깡통이었다. 붓과 재료가 주위에 갖추어지면 모드는 그림을 그리기 시작했다. 에버릿은 집 뒤의 헛간에서 빈둥거리거나, 일이 있는 날이면 구빈 농장에 갔다.

모드의 의자는 항상 창가에 있었다. 그 창문은 찻길을 향하고 있었는데, 모드는 그 유리창에도 꽃을 그려 넣었다. 즐겁고 편안한 그

모드 집 안의 물건은 일단 그림을 그리고 나면
원래 용도로 사용하는 일이 드물었다.

무제, 1967
쓰레받기에 유화물감
21.2×30cm
루스 루소 컬렉션

모드가 그림을 그려 넣은 딕비의 가리비 껍데기
가리비 껍데기Scallop Shells, 연도 미상
가리비 껍데기에 유화물감
10.2×12.7cm
울러버 가족 컬렉션

자리에서 모드는 바깥 세상이 돌아가는 모습을 볼 수 있었다. 여름에는
항상 현관문을 열어두고, 지나가는 손님을 맞이했다. 창가가 그림을
그리기에는 다소 어두웠기 때문이기도 했지만, 좁은 공간에 가득한
유화물감의 독한 냄새를 빼내려는 목적도 있었다.

모드가 겪었던 두통이 유화물감 냄새에서 비롯되었을 수도 있다.
대평원을 그린 그림으로 유명한 화가 윌리엄 쿠렐렉은 납성분이 든
페인트로 작업한 것으로 알려졌고, 반 고흐가 겪었던 정신질환이
독한 페인트의 냄새를 들이마시거나 피부를 통해 몸에 들어간 납
성분 때문이라는 말도 있기 때문이다. 모드는 두통을 꽤 자주 겪었고,
그럴 때면 매일 그리던 그림을 하루 종일 그리지 못하는 날도 있었다.
모드의 사진을 보면 손에 페인트가 묻어 있는 것을 볼 수 있다. 하루의
작업이 끝나고 손을 씻을 즈음이면 모드의 손은 페인트와 테레빈유로
범벅이 되어 있었다. 모드는 옆에 있는 신문지에 손을 닦고 일어나서 그
신문지를 불붙은 난로 속에 던지는 버릇이 있었다. 화상을 입지 않은 게
신기한 일이었다.

모드의 두통이 페인트와 납, 환기의 문제와 관련성이 크다고 생각하는
이유는 에버릿이 모드의 그림 재료를 여기저기에서 공짜로 주워 왔기
때문이다. 누가 바닷가재잡이 배를 해안에 올려놓고 배의 밑바닥을
칠하고 있으면 에버릿은 작업이 끝나기를 기다렸다가 – 때로는 채
끝나기도 전에 – 페인트통을 집어 왔다. 모드는 그렇게 가져온 통의
밑바닥에 조금 남은 페인트에 테레빈유를 부어서 희석했는데, 그렇게
하면 약 일주일 간 사용할 수 있는 빨간색, 혹은 초록색의 물감이

생겼다. 돌이켜 생각해 보면 프렌치 쇼어^{French Shore}(모드가 살았던
야머스와 딕비 사이의 해안을 부르는 이름)에 사는 아카디아 사람들이
배를 밝은 색으로 칠하기를 좋아했던 것이 모드에게는 행운이었다.
하지만 다른 한편으로는 당시까지만 해도 선박용 페인트나 벽에
칠하는 페인트에는 납 성분이 많이 들어 있었고, 모드가 그림을
그리기 시작하면서부터 물감으로 주로 사용한 페인트가 바로 그런
페인트들이었다. 아무리 현관문을 열어 두었다고 해도 모드는 그런
독한 페인트 냄새를 들이마시는 시간이 많았다.

모드는 결혼할 때 마셜타운에서 자신의 붓을 가지고 왔지만, 후에
에버릿은 미국에서 온 관광객에게 붓 한 세트와 페인트를 사서
모드에게 주었다. 딕비나 아나폴리스의 부두에는 외지에서 온 화가들이
앉아서 그림을 그리곤 했는데, 여름이 끝나갈 즈음이면 그들은
그곳에서 사용하던 이젤을 잭 로젠탈의 앤티크숍에 팔고 떠났다.
에버릿은 물감과 붓을 공짜나 다름없이 구했다고 자랑하고 다녔다.
모드가 본격적으로 작품을 생산하기 시작하면서, 에버릿이 우연히
주워 오는 페인트만으로는 그림을 꾸준히 그릴 수 없었다. 다행히
페인트를 구할 수 있는 곳은 멀리 있지 않았다. 제2차 세계대전 직후에
벌목장을 운영하면서 큰 부자가 된 앤서니 해링턴의 미망인 클라라
해링턴에 따르면 남편이 벌목장을 인수한 직후 에버릿이 찾아와서
팔리지 않은 가정용 페인트와 선박용 페인트를 사기 위해 흥정을
했다고 한다. 마음씨 좋은 해링턴은 에버릿이 올 때마다 팔리지 않은
페인트를 한두 통씩 주곤 했다. 그뿐 아니라, 해링턴은 모드에게 튜브

물감도 주었다. '틴트 올'이라는 이름의 그 물감은 테레빈유를 섞으면
일반 유화물감처럼 사용할 수 있었다.

세월이 흘러 작품이 수집가들에게 인기를 끌어 꾸준한 수입이 생긴
뒤로, 모드는 딕비에 있는 메이 문구점이나 이튼, 혹은 온타리오
주에 사는 화가 존 키니어에게 붓과 물감을 구입했다. 영국에서
수입한 리브즈 유화물감을 비롯해, 모드가 그 당시 산 재료들은
전문가용이었다. 보드는 가이 해링턴과 랄프 매킨타이어가 잘라
주었고, 그때야 비로소 정확한 정방형의 보드를 사용할 수 있었다.
모드가 처음 사용하던 싸구려 붓은 그림을 그리기에 적절하지 않았다.
당시 그린 그림을 보면 도구의 한계가 드러난다. 모드는 가급적 붓을
씻지 않기 위해 그림에 서명을 할 때는 마지막으로 사용한 붓을 그대로
사용했다. 대개는 서명을 하기에는 지나치게 큰 붓이었고, 그 결과
그녀의 서명에서 디테일이 살아나지 않고 페인트가 뭉개져 있는 것을
볼 수 있다. 게다가 가지고 있는 붓이 많지 않다 보니 같은 색깔의
디테일들을 한번에 몰아서 칠하고 다음 색을 모두 칠하는 방식으로
작업을 했다. 그렇게 아껴서 사용했음에도 불구하고 붓은 빨리 닳았다.
모드의 그림들을 돋보기로 자세히 들여다보면 맨눈에는 보이지 않는,
붓에서 빠진 작은 털이 페인트에 섞여 있는 것을 발견할 수 있다. 언뜻
보면 하나뿐인 방이 지저분해서 먼지가 그림에 달라붙은 것처럼 보일
수도 있지만, 그것은 분명히 지나치게 걸쭉한 페인트를 싸구려 붓으로
그리다 보니 생긴 결과다. 말 한 쌍을 그린 어느 그림에는 검은색
마구에 금색 점이 찍혀 있는 것을 볼 수 있는데, 모드가 가죽 위에

박힌 놋쇠 못을 그린 것이다. 그런데 금색 페인트에 붓에서 빠진 털 하나가 박혀서 마치 고양이의 수염처럼 점 양쪽으로 삐져나와 있다. 워낙 단단하게 페인트에 박혀 있는 바람에 말의 코에 수염이 난 것처럼 보인다.

붓털만이 아니라 촛농이 튄 흔적도 볼 수 있다. 에버릿은 집에서 전기를 사용하는 것에 반대했기 때문에 모드가 해가 진 후에 그림을 그리려면 석유 램프나 촛불 중 하나를 선택해야 했다. 석유 램프는 모드가 사용하던 다리 달린 쟁반 위에 놓기에는 너무 위험했기 때문에 결국 촛불을 사용했다.

모드는 같은 장면을 반복해서 그렸다. 같은 형태는 물론이고, 페인트만 있으면 같은 색을 사용한 똑같은 그림이었다. 자신의 기억 속 장면을 마치 좋아하는 노래를 부르듯 반복한 것이다. 모드의 작품을 수집하던 사람들은 자신이 가진 것과 똑같이 생긴 그림을 발견하고 놀라곤 한다. 모드는 '그린 보드'라고 알려진 파티클보드의 백색, 혹은 유백색 표면을 다듬지 않고 곧바로 연필 스케치를 했으며, 표면에 석고나 페인트를 바르는 과정을 거치지 않았다.(전문적인 화가가 유화를 그릴 때는 캔버스 등의 거친 표면에 석고 등을 칠해서 매끈하게 다듬는 것이 일반적이다.) 모드 루이스의 그림을 자세히 들여다보면 그림에서 주인공이 되는 인물이나 사물의 아웃라인을 연필로 스케치한 것을 볼 수 있는 경우가 많다.

스케치 후에는 배의 돛이나, 바닷물, 말이 덮어쓴 코트, 썰매 위에 실린 나무처럼 넓은 면을 가진 것들부터 한 번에 한 색깔씩 칠했다. 마구에 박힌 놋쇠 못이나, 상록수 위에 덮인 눈처럼 작은 장식적인 디테일들은

모드가 그린 겨울 풍경은 전경에 눈이 덮여 있는데도
멀리 떨어진 언덕은 녹색으로 덮인 경우가 흔하다.
무제, 연도 미상
파티클보드에 유화물감
28×35cm
개인 컬렉션

모드의 1950년대 크리스마스 카드들은
<딕비 쿠리어>의 이디스 월리스가 공급한
빈 카드지에 그린 것들인 경우가 종종 있다.
무제, 연도 미상
종이에 수채물감
10.3×15.4cm
윌리엄 & 바바라 마치 컬렉션

맨 나중에 주요 색상 위에 칠했는데, 때로는 아래에 들어간 색이 채
마르기도 전에 칠했다.

그 바람에 흥미로운 효과가 발생하기도 했다. 특히 선박용 페인트나
일반 가정용 페인트 위에 금색이나 은색을 내는 금속 페인트를 칠하면
금속 페인트가 쪼개져서 흩어지는 바람에 작게 반짝이는 조각이 될
때가 있었다. 모드가 의도했던 효과는 아니고, 좋아했을 것 같지도
않지만, 관객의 눈에는 아름답게 보인다.

모드는 소나 말이 일을 하고 있는 장면을 그릴 때도 장식이 달린
마구를 차고 있는 모습으로 그렸다. 모드는 마구를 그릴 때 실제로
그것을 말이나 소에 채우는 순서를 그대로 따라서 그리곤 했다.
대개는 갈색의 소를 보드 위에 그린 후에 검은색 가죽 끈을 두르고,
그 다음에는 주로 붉은색의 멍에를 얹는다. 아버지가 마구를 만드는
사람이었기 때문에 모드는 생생한 자신의 기억을 활용할 수 있었다.
모드는 어깨에 얹는 미국식 멍에와 머리에 얹는 캐나다식 멍에의
차이를 알고 있었고, 잘 그려진 한 쌍의 소에는 놋쇠 장식과 방울을
마지막에 넣었다. 그런 디테일은 그녀의 어린 시절 기억에서 비롯된
것이었다. 그 시절은 모드에게 행복과 기쁨과 안정의 시기였고, 과거에
대한 즐거운 향수는 그녀의 그림에서 두드러지는 특색이다.

풍경화를 그릴 때는 화면의 맨 위에서부터 시작했다. 하늘을 그리고,
그것을 배경으로 언덕을 그리는 식이었다. 그리고 하늘과 언덕을
배경으로 나무를 그렸다. 먼저 그린 하늘과 언덕의 페인트가 채
마르기 전에 나무를 그리면, 나무를 그린 물감이 배경에 살짝 섞였다.

그 다음엔 화면 맨 아래쪽에 동물이나 아이들을 넣었다. 마지막으로
여백을 칠했는데, 눈을 묘사할 때는 표면을 칠하지 않고 그대로
두었지만, 여름날의 풀밭은 항상 선명한 녹색으로 칠했다.
마지막에는 넓게 칠한 강렬한 색상 위에 색이나 명암으로 악센트를
주었다. 특히 겨울 장면에서 나무나 풀숲 아래에 그림자나 어두운
부분을 넣을 때는, 하늘을 칠할 때 사용한 것과 같은 옅은 푸른색을
사용했다. 가문비나무나 전나무를 그릴 때는 짙은 녹색의 가지들
위에 옅은 녹색을 칠하기도 했고, 고동색의 나무에는 갈색으로 강약을
주기도 했다. 모드는 그 색채를 섞어서 사용하지 않았고, 악센트에
적절한 색의 물감이 없을 때는 적절하지 않은 색을 대신 쓰는 데
주저하지 않았다.
보통 서너 시간이 걸리는 그림 하나가 완성되면 에버릿이 그 그림을
가져다가 스토브 위에 걸어 말렸다. 겨울에는 스토브 위에서 말렸고,
여름에는 집 앞에 붙은 "그림 팝니다"라는 팻말을 증명하듯 창문
안쪽에 세워 두고 말렸다. 하지만 바깥에서 말리는 법은 없었다. 길가의
먼지가 마르지 않은 페인트에 붙을 수 있기 때문이었다. 모드의 그림을
찾는 사람이 많아서 그림이 채 마르기도 전에 팔리는 경우도 많았다.
보드에 짧고 빠르게 물감을 찍어 대는 모드의 모습은 참새가 빵 조각을
쪼는 모습을 연상시켰다. 같은 장면을 여러 번 반복해서 그렸기 때문에
오래 생각할 필요가 없었고, 한번 시작하면 그림이 끝날 때까지 쉬지
않고 그렸고, 도중에 차 한잔 마시는 일도 없었다. 오른손에 펜을 쥐듯
붓을 쥐고, 왼손은 오른팔 아래에 넣고 오른손을 지탱했다. 모드는

보드 위에 몸을 구부리고 눈을 가늘게 뜨고 열중해서 그림을 그렸다.
워낙 체구가 작아서 큰 붓을 들고 작업하면 붓자루가 귀를 넘어갈 때도
있었다. 작업을 하는 동안 몸을 앞뒤로 살짝 흔드는 버릇이 있었고,
그림이 끝나기 전에는 미소도 짓지 않았다. 모드의 작업 속도는 깜짝
놀랄 정도로 빨랐다. 마치 농촌의 아낙네가 파이를 만들기 위해 반죽을
펴고 자르는 것처럼 빠르고 능숙하게 손을 놀려 그림을 완성했다.
모드의 성공은 일부분 그녀가 정규 미술교육을 받지 않았다는 점에서
비롯했다. 게다가 일반적이지 않은 미술 재료 역시 모드의 화풍과
잘 어울렸다. 훗날 그녀를 방문한 적이 있는 프레드 트래스크를
제외하면 모드는 다른 화가를 만난 적도 없다. 온타리오에 사는
화가 존 키니어와는 연락을 주고받았지만, 키니어는 모드의 작업에
아무런 충고도 하지 않았다. 모드가 유명해지면서 화가들이 사용하는
유화물감을 살 수 있게 된 것은 아쉬운 결과로 이어졌다. 모드가
말년에 그린 그림들은 전작들에 비하면 사람들을 끌어들이는 매력이
떨어진다. 특히 이튼에서 구입한 아트보드에 리브즈 유화물감을
사용해 그린 그림들이 그렇다.
모드의 원시적이고 다양한 작품들은 대부분 초기에 그린 것들로,
수채물감으로 그린 크리스마스 카드와 파티클보드에 그린 그림들이다.
모드의 그림이 인기를 끌면서 사람들은 모드에게 자기가 친구 집에서
본 것과 같은 소나 고양이의 그림을 그려 달라고 했기 때문에 훗날
모드의 작품들은 정형화되었다. 성공은 실패보다는 나은 일이지만,
모드의 작품 활동에는 긍정적인 역할을 하지 못했다. 모드는 손님이

원하는 것을 그려야 했고,
그 결과 모드의 작업은
공장의 조립 라인과
비슷해졌다. 모드의
건강이 심각하게 나빠진
1968년에는 모드가 자신의
그림에 등장하는 중심
인물이나 사물의 모습을
판지에 본을 뜬 후에
연필을 이용해서 보드에
테두리를 그려 넣었고,
에버릿이 능력껏 색을 칠해

모드는 아주 좁고, 어두운 공간에서 그림을 그렸다. 구석 선반에
석유 램프가, 사람들이 텔레비전 앞에서 밥을 먹을 때 사용하는
쟁반에 페인트와 붓과 보드와 양초가 놓여 있다.

넣었다. 모드의 말년 작품에 등장하는 농부나 소가 모두 똑같은 크기를
하고 있는 이유는 바로 그렇게 본을 떠서 그렸기 때문이다. 모드는
자신의 영감을 따라 그리기를 멈추었고, 점점 늘어나는 고객들의
주문을 채울 뿐이었다.

두 명의 아티스트, 두 개의 세계

Two Artists,
Two Worlds

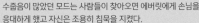
수줍음이 많았던 모드는 사람들이 찾아오면 에버릿에게 손님을
응대하게 했고 자신은 조용히 침묵을 지켰다.

1967년은 모드에게 일이 잘 풀리는 해였다. 그녀는 화가로 유명해졌다. 에버릿의 철저한 돈 관리로 아주 검소한 생활을 했기 때문에 두 사람은 빚 없이 생활했고, 에버릿은 제법 많은 돈을 은행에 모아 두고 있었다. 모드의 작품에 관한 기사들이 매체에 실리면서 1번 국도 옆 오두막집의 우편함에는 돈을 동봉한 주문 편지들이 여기저기에서 날아들었고, 그녀의 작품을 사랑하는 사람들이 물감과 보드를 선물로 가져왔다. 밀려드는 주문을 감당하기 힘든 수준이었다.

사람들이 모드의 그림을 미국의 유명한 민속화가 모지스 할머니의 그림들과 비교하기 시작한 것도 그즈음부터다. 1967년 발행된 어느 잡지의 표지에서 모드를 "바닷가에 사는 모지스 할머니"라고 했고, 기사에 "연약한 여인의 대담한 붓질"이라는 헤드라인을 실었다. 사람들은 모지스 할머니와 모드 루이스가 세상을 떠난 뒤에도 오래도록 두 사람을 비슷하게 취급했다. 심지어 1987년 〈리더스 다이제스트Reader's Digest〉에도 같은 주제의 기사가 실렸다. 이는 모드가 얼마나 유명했는지를 잘 보여 주는 사례지만, 동시에 모드에 대한 잘못된 추측들을 낳기도 했다.

크게 보면 모드 다울리 루이스와 애나 매리 로버트슨 모지스는 둘 다 독학으로 그림을 배우고, 자신을 대단한 화가로 내세우지 않았던 민속화가인 것은 맞다. 하지만 그 둘 사이에는 유사점보다는 차이점이 훨씬 더 많다. 우선 모지스 할머니는 시골에서 풍족한 생활을 한 사람이다. 인생의 전반은 미국 남부에서, 후반은 뉴잉글랜드(메인주에서 버몬트, 코네티컷주 등을 포함하는 미국 동북부의 여섯 주를 가리키는 명칭.

모지스 할머니는 그 여섯 주에는 포함되지 않는 뉴욕주에 살았지만 버몬트에 인접한 이글 브리지에 살았기 때문에 문화적으로 뉴잉글랜드 지방 사람으로 취급한다)에서 열심히 일하며 많은 후손을 낳았을 뿐 아니라, 강인한 의지로 집안을 이끌었다. 평생 건강했고, 자신의 그림에 등장하는 모든 농장일을 직접 했던 인물이다. 무엇보다 모지스 할머니가 그림 그리기의 즐거움을 발견한 것은 다양한 경제 활동을 경험한 후인 67세 때였다.(다른 기록에 따르면 모지스 할머니가 그림을 그리기 시작한 것은 더 늦은 76세 때였다.) 100세를 넘게 살았고, 세상을 떠나는 순간까지 활발한 작품 활동을 했기 때문에 그녀가 남긴 작품은 기록을 찾을 수 있는 것만도 1500점이 넘는다.

반면 모드의 삶에는 모지스 할머니의 삶이 가진 매력적인 요소가 거의 존재하지 않는다. 모드는 모지스 할머니가 그림을 그리기 시작한 나이인 67세에 세상을 떠났다. 모드는 풍족함과는 거리가 먼, 궁핍한 삶을 살았으며, 부모님이 돌아가신 후에는 이모의 도움으로 살았고, 그 후에는 남편에게 의지해서 살았다. 에버릿 루이스와 결혼했을 때 모드는 안정과 정착할 집이 필요했다.

우리가 아는 바에 따르면 모드는 어린 시절부터 가정 경제에 도움이 되기 위해 그림을 그렸다. 에버릿이 몰래 돈을 모아 두고 있었지만, 모드는 언제든지 같은 동네에 있는 구빈 농장에 가야 할지도 모른다는 불안을 느끼며 살았다. 모드가 시골 생활의 즐거운 모습을 그린 것은 그런 소박한 즐거움을 그녀가 함께했었기 때문이 아니라, 병과 장애로 그런 활동을 할 수 없었기 때문이다. 모드의 작품들은 즐거움을 간절히

고객들이 특정한 장면을 그려 달라고 해서 모드는 같은
그림을 자주 반복해서 그렸다. 딕비 만으로 들어가는
해협을 그린 이 그림은 인기가 아주 좋았다.
딕비 항구Digby Harbour, 연도 미상
보드에 유화물감
22.8×30.5cm
올리버 가족 컬렉션

모드는 같은 장면을 배경만 달리해서 그리곤 했다.
소와 나무 마차Oxen and Logging Wagon, 연도 미상
파티클보드에 유화물감
26×35.8cm
노바스코샤 아트 갤러리 컬렉션
M. 루이스 도나휴 기증

바랐던 그녀의 심정과 어린 시절 아주 잠깐 동안만 맛볼 수 있었던
경험에 대한 일생에 걸친 그리움에서 나왔다.

모드와 모지스 할머니 모두 팔기 위해 그림을 그렸다. 모지스 할머니는
처음엔 그녀가 살던 뉴잉글랜드의 이글 브리지 인근에 위치한 후식
폴즈의 올드 토마스 약국이라는 잡화점에서 그림을 팔았다.
모드가 성인이 되어 그린 그림들은 도로변에서 관광객들이 사곤 했다.
모지스 할머니는 자신의 그림이 팔린다는 것 자체를 놀라워 했지만,
이미 넉넉한 살림에 운 좋게 더해진 수입이었다. 하지만 모드에게
그림을 판 돈은 집안의 현금 수입의 대부분을 차지했고, 반드시 필요한
돈이었다.

그림의 주제로 보면 두 사람은 공통점이 많다. 두 사람 모두 자신이
알고 있는 농촌 생활에서 소재를 찾았고, (미국의) 뉴잉글랜드와
(캐나다의) 노바스코샤는 20세기 초만 해도 별 차이가 없었다. 한편에는
소규모 농장과 어촌이 있고, 다른 한편에는 무역을 하는 상선들이
오가는 비슷한 지역들이었다. 두 지역 모두 운송 수단은 범선, 소가
끄는 우차와 썰매, 그리고 버기buggie, 셰이shay, 혹은 벅보드buck
boards라고 불리는 말이 끄는 작은 마차들이었고, 오래지 않아 증기선과
기관차와 자동차로 대체될 것이었다. 하지만 화풍을 비교하면 모지스
할머니와 모드 루이스는 전혀 다르다. 모지스 할머니는 한 그림에 보통
두세 개의 골짜기를 그렸고, 각 산과 골짜기에는 사람들이 등장하고,
각자 자신의 일을 하고 있다. 그녀는 자신의 경험을 살려서 시골에서
하는 일들을 꼼꼼하게 화폭에 되살려냈다. 그렇게 해서 탄생한 모지스

이 바다 풍경은 모드의 대표 작품이다.
야머스와 딕비에 흔한 간조 때의 진흙밭은 물론,
그 지역에 흔했던 고기잡이배들이 등장한다.

무제, 1942년경
파티클보드에 유화물감
21.8×29.5cm
매리 새들레이어 컬렉션

할머니의 그림들은 그 주제의 영역과 넓은 시야가 모드로서는 흉내도
낼 수 없는 것이었다.

두 화가 모두 미국의 백악관에서 그림을 그려 달라는 주문을 받는
영광을 누렸지만, 두 사람이 서로에 대해 알았다는 기록은 없다.

백악관이 모지스 할머니에 관심을 갖은 것은 트루먼 대통령(1945년부터
1953년까지 재임) 때였다. 모지스 할머니가 백악관을 방문했을 때
트루먼 대통령은 할머니의 요청으로 피아노를 연주했고, 퍼스트 레이디
'베스' 트루먼은 직접 차를 따라 주었다. 모지스 할머니가 백악관에서
이글 브리지로 돌아왔을 때 한 인터뷰는 녹음되어 라디오로
방송되었다.

백악관이 모드 루이스에 관심을 보인 것은 닉슨 대통령(1969년부터
1974년까지 재임) 시절이었다. 당시 닉슨의 보좌관이었던 존 휘태커는
모드 루이스의 작품을 상당히 많이 가지고 있었다. 휘태커는 모드에게
백악관을 위해 그림을 두 점 그려 줄 수 있는지 문의했다.

그 문의에 모드가 답한 편지는 아마도 백악관이 받은 편지의 역사에서
가장 간결하고 요건에 충실한 편지 중 하나였을 것이다. 모드는
백악관이 그림값을 보내 주면 기꺼이 그림을 그려 주겠다고 답했다.
훗날 모드가 세상을 떠났을 때 닉슨이 서명한 조문 편지가 도착한
것으로 보아 이 거래는 성사된 것으로 보인다.

백악관에서 일하는 자신의 팬들을 향한 이런 반응을 보면 모드는
아티스트의 경력에 유명세가 얼마나 중요한 것인지를 잘 몰랐던
것으로 보인다. 모드는 화가라는 커리어를 추구하지 않았고, 총리나

노바스코샤주의 해상 대사 범선인 블루노즈.
특별한 주문으로 그린 것으로, 모드의 일반적인
작품은 아니다. 그녀가 그림에 등장하는 배나
보트의 이름을 밝히는 일은 흔치 않았다.
무제, 연도 미상
보드의 유화물감
29×42.6cm
더글러스 E. 루이스 박사 컬렉션

대통령에게 받는 주문보다는 온타리오의 화가 존 키니어 같은 사람들과 편지를 주고받는 것을 더 소중하게 생각했다.

모지스 할머니는 농부로서 성공한 사람이었다. 한때는 240헥타르의 낙농장을 운영하던 부농이었다. 버터를 만드는 작은 일로 시작해서 사업에 성공했다. 행복한 결혼 생활을 했지만 자신의 독립성은 절대 잃지 않았고, 아이들에게 자신의 성-로버트슨-을 물려준 사람이다. 딸들이 결혼할 때 모지스 할머니는 웨딩드레스를 직접 만들어 주었고, 그것을 자신의 인생에서 가장 자랑스러운 일로 여겼다. 후식 폴즈의 잡화점에서 팔던 자신의 그림들과는 비교도 할 수 없다고 생각했다.

능력 있고 활동적이었던 모지스 할머니도 처음에는 저렴한 재료로 그림을 그렸다. 하지만, 시간이 흐른 후에는 질이 떨어지는 재료는 사용하지 않았고, 반드시 고급 붓으로 그림을 그렸다. 특이하게도 모지스 할머니는 그림을 그리기 전에 그 그림을 넣을 액자부터 샀다. 외양간 없이 소를 사는 사람은 없다는 것이 할머니의 원칙이었다.

거기에 비하면 모드의 삶과 그림은 원시적인 것에 가까웠다. 재료는 당장 얻을 수 있는 것을 사용했고, 에버릿과 결혼했다는 것은 다른 사람들에게서 받은 선물을 제외하면 싸구려 물건들만 사용했음을 의미했다.

모지스 할머니는 외향적이고 다양한 삶을 살았다. 모지스 할머니의 그림들은 그녀가 잘 했던 모든 것에 대한 기록이었다. 모지스 할머니는 목적이 분명하고 성공적인 사업가였다. 자신의 그림이 팔릴 만하다고 느끼자마자 팔기 시작했다. 모지스 할머니에게 있어서 그림은 육체적인

모드 루이스를 동시대 민속화가인 모지스 할머니와
구별 짓는 것이 이런 그림들에 등장하는 친밀감이다.
모드와 에버릿Maud and Ev, 연도 미상
보드에 유화물감
22.8×30.5cm
올리버 가족 컬렉션

이 그림은 <크리스마스와 시골 우편함>이라는
어린이 책에 등장했다. 어린이 책에 민속화가의 작품이 삽화로
들어간 첫 번째 사례다.

무제, 1959년경
파티클보드에 유화물감
29×34cm
매리 J. 돌런 컬렉션

겨울 바다를 그린 이 그림은 모드의 그림으로서는
특이한 경우에 해당한다. 사람도, 동물도, 꽃이나
새도 등장하지 않기 때문이다.
무제, 연도 미상
파티클보드에 유화물감
28.5×31.2cm
개인 컬렉션

이 그림에서 기운차게 치솟는 바닷가의 파도는
모드가 다른 그림에서 그린 꽃들과 상응한다.
모드의 그림들은 대개 특정 장소를 묘사하고 있는데,
여기에서는 딕비의 포인트 프림곶을 보여 준다.

무제, 연도 미상
파티클보드에 유화물감
29.8×30.5cm
개인 컬렉션

활동을 유지하고 돈도 벌 수 있는 수단이었다. 자신은 그림을 그리지 않았으면 닭을 길렀을 거라고 했을 정도다.

반면, 모드는 집 안에 갇혀서 인생을 보냈다. 부끄러움을 많이 탔고, 은둔에 가까운 삶을 살았으며, 그녀의 그림들은 오래 살기 힘든 몸으로 태어나고도 살아남은 모드가 느꼈을 기쁨을 담고 있다. 그녀에게는 단지 생존할 수 있다는 사실이 중요했다. 그녀는 자신이 가진 내적인 힘으로 인생에 닥치는 일들을 인내심 있게 버텨 냈다. 부모님이 돌아가신 것도, 살던 집에서 쫓겨난 것도, 자신이 낳은 아이와 떨어진 것도, 자신의 신체 기형과 고통도, 에버릿의 구두쇠짓으로 부족한 삶을 사는 것도 그렇게 버텼다. 모지스 할머니의 그림과 달리 모드의 그림에는 사람이 많이 등장하지 않는다. 모드의 주변에는 사람이 많이 모인 적이 없었다. 그래서 모드의 그림에는 사람들 대신 인내심 많은 소와 충성스런 고양이처럼 꾸준함이 미덕인 동물들이 등장한다. 모드를 만나 본 사람들은 그녀의 미소와 순진함, 그리고 의지에 감동을 받았다. 모드는 그림을 통해 뜻하지 않은 친구들을 사귀었다. 울러버 판사, 맥닐 부부, 그리고 의사인 맥도널드가 그렇게 모드의 친구가 되었다. 하지만 모드는 그들 외에도 오두막집에 들르는 모든 사람을 그녀만의 매력으로 대했고, 그들은 모드의 내적 세계에서 모든 것이 순조롭고 행복하다는 느낌을 받았다.

모지스 할머니가 그림에서 넓은 시야를 중요하게 생각했다면, 모드에게는 친밀함이 중요했다. 모지스 할머니가 그린 '양이 있는 풍경lambscape'에 등장하는 양 떼는 수확의 일부로 묘사되어 있지만,

모드가 그린 고양이를 보면 우리는 그 고양이에게 이름을 붙이고
싶어진다. 모드 루이스를 '캐나다의 모지스 할머니'라고 부르면 사람들의
관심을 끌 수 있을지는 몰라도, 그녀를 이해하는 데에는 별 도움이 되지
않을 것이다. 그녀의 삶도, 작품도 그런 분류에 맞지 않기 때문이다.
모드가 유명세에 관심이 없었음을 잘 보여 주는 예화가 있다. 온타리오의
화가 존 키니어가 모드에게 캐나다 독립 100주년 기념 행사에 참가하지
않겠느냐고 제안했을 때 모드가 보낸 간결한 답장에는 그녀가 자신의
그림을 얼마나 대단하지 않게 여겼는지 잘 드러난다. "아뇨, 엑스포
67에는 그림을 보내지 않을 겁니다. 거기에 보낼 그림을 그릴 만한 시간이
나지 않습니다."

1967년이 되자 모드의 명성은 딕비 너머로 퍼져 나갔다. 〈스타 위클리Star
Weekly〉에 기사가 실리고, CBC 방송국의 〈텔레스코프〉 프로그램에
소개된 뒤로 모드는 쏟아져 들어온 주문을 미처 감당하지 못하고 있었다.
모드는 받은 주문을 아주 중요하게 생각했고, 의뢰 받은 그림이 준비될
때까지 돈을 다시 돌려주려고 했다. 그녀는 자신의 고객을 기쁘게 하는
것이 엑스포 67보다 중요했기 때문에, 키니어의 제안을 길게 생각하지도
않았다.

명성은 계속 커졌지만, 모드는 자신의 그림을 예술이라고 생각하지
않았고, 자신을 예술가라고 생각하지도 않았다. 1967년에 발행된 잡지
〈애틀랜틱 애드버킷〉에서 도리스 매코이는 이렇게 썼다. "모드에게
자신이 그린 그림은, 평범한 시골 아낙이 마을의 가을 축제에 내다 팔기
위해 예쁘게 만든 앞치마를 보는 것과 다르지 않았다."

모드는 이 그림 속 암말과 망아지와는 달리
인물은 자세히 그리지 않았다.
무제, 연도 미상
보드에 유화물감
29.2×34.4cm
더글라스 E. 루이스 박사 컬렉션

이 그림 속의 암사슴과 새끼사슴 같은 모습을
모드가 그린 인물에서는 찾아볼 수 없다.

무제, 1960년경

보드에 유화물감

30.5×35.6cm

브루스 S.C. 올런드 컬렉션

모드는 자신의 추억을 그리는 것을 더 좋아했지만,
그래도 고객의 요구가 있으면 들어주었다.
무제, 1969
메이소나이트에 유화물감
30×30.5cm
앨런 & 제인 파커 컬렉션

모드는 검은 고양이나 흰 고양이를 그리는 것을 좋아했다.
특히 꽃에 둘러싸인 행복해 보이는 고양이들이
함께 등장하는 그림을 좋아했다.

세 마리의 검은 고양이들3 Black Cats, 1966년경
파티클보드에 유화물감
30×35.4cm
로버트 & 베티 플린 컬렉션

주인 잃은 우편물

The End of
Maud's Things

집 앞의 우편함에는 에버릿 루이스의 이름만 적혀 있었지만,
도착하는 우편물의 대부분은 모드 앞으로 온 것이었다.

1968년, 모드는 넘어져서 고관절이 부러졌다. 이미 좋지 않았던 모드의 건강은 그때부터 더욱 나빠졌다. 살면서 한 번도 활발한 신체 활동을 하지 않았던 터라 사고 후에 완전히 회복할 가능성은 거의 없었다. 타고난 건강 문제 외에도 모드는 수십 년 동안 페인트 냄새와 나무 연기를 들이마신 탓에 폐도 좋지 않았다. 훗날 에버릿은 모드가 담배를 좋아했고, "그 나쁜 버릇을 버릴" 수 있을 만큼 강하지도 않았던 것 같다고 했다. 아내와 함께 모드의 집을 방문하곤 했던 핼리팩스의 M.R. 맥도널드 박사는 아내와 모드가 담배를 피우며 이야기를 나누던 것을 회상하면서 "두 사람이 담배에 불을 붙이면 나는 바로 방을 나왔다"고 말했다.

딕비종합병원에서 퇴원한 모드를 빅토리아 간호사회의 웬디 프랭클린이 집으로 찾아와서 간호했다. 에버릿은 최선을 다해서 모드가 편하게 지낼 수 있도록 도왔지만, 워낙 편의시설이라고는 없는 작은 집이었기 때문에 그러기에 쉽지 않았을 것으로 보인다. 하루는 모드가 트레일러에서 그림을 그리고 싶다고 하자, 에버릿은 외바퀴 손수레에 모드를 태워 옮겼다. 오래지 않아 모드는 합병증으로 다시 병원에 입원해야 했지만, 병원으로 가면서도 고객들에게서 부탁 받은 그림들을 완성하지 못했다며 걱정스러워 했다. 모드가 마지막으로 그린 작품들은 친구인 케이 맥닐이 사인펜 한 세트를 가져다 주어서 가능했다. 모드는 그 사인펜들로 간호사들에게 크리스마스 카드를 그려 주었다. 병원에 있는 동안 폐렴에 걸린 모드는 1970년 7월 30일 목요일에 세상을 떠났다.

146

모드는 어린이용 관에 담겨 묻혔다. 장례는 바튼 침례교회의 머틀 잉거솔 목사의 인도로 노스 레인지 공동묘지에서 오후 3시 30분에 치러졌다. 에버릿이 교회에 들어가지 않겠다고 했기 때문에 장례예배는 교회가 아닌 묘지에서 진행했다. 장례식에는 모드의 친구였던 케이와 로이드 맥닐 부부는 물론, 국회의원들을 비롯한 딕비의 주요 인사들이 모두 참석했다. 모드는 유명인사였고, 많은 사람들의 사랑을 받았기 때문에 수십 년 동안 딕비에서 가장 많은 조문객이 몰린 장례식이었다. 장례예배를 인도한 잉거솔 목사는 시편 23편의 "주는 나의 목자시니"라는 구절과 "주의 눈 앞에서는 천 년이 지나간 어제 같으며, 밤의 한 순간 같을 뿐"이라는 시편 90편의 구절을 골라 소리 내어 읽었다. 그리고 추도사에서는 "주께서 베푸시는 구원의 기쁨을 내게 회복시켜 주시고, 주의 자유로운 영으로 저를 붙드소서"라는 시편 51편의 구절을 인용했다.

잉거솔 목사가 인용한 구절들은 모드가 가졌던 색과 이미지의 놀라운 재능을 이해하는 사람들에게 아주 적절한 내용으로 다가왔다. 장례식 전에 술을 많이 마신 에버릿은 장례식에서도 소란을 피웠고, 목사는 "남편"은 "영원의 소리"에 귀를 기울여야 한다고 충고했다.

세상을 떠나기 1년 전부터 모드는 예전처럼 하루에 한두 장의 그림을 완성하는 속도로는 작업하지 못했고, 일주일에 두세 작품을 완성하는 것도 버거워 했다. 에버릿 앞으로 한 달에 81달러씩 나오는 노년연금을 제외하면 모드가 그림으로 벌어들이는 돈이 그들 수입의 전부였다. 사람들이 모드의 그림을 사러 왔다가 빈손으로 돌려 보내지 않기

모드의 그림에는 검은 점이 박힌 흰 개가 자주
등장하지만, 오빠와 여동생이라는 소재는
훗날 행복했던 어린 시절에 대한 회상으로만 등장한다.
무제, 연도 미상
파티클보드에 유화물감
21.5×29.5cm
캐서린 J. 윌킨스 컬렉션

위해 에버릿은 자신도 그림을 그리기 시작했고, 찾아오는 손님들에게
구매를 권했다. 버는 돈은 에버릿이 챙겼고, 병에 넣어 마당에 묻어
두기도 했다. 대부분의 딕비 주민들은 집 밖의 뒷간 대신 실내에
화장실을 만들었고, 전기도 사용했지만, 모드와 에버릿이 사는 집은
수십 년 동안 변한 게 없었다. 모드는 에버릿에게 이웃이 아이스박스를
버리면 좀 가져다 달라고 했지만, 에버릿은 듣지 않았다. 거기에 넣을
얼음은 돈을 주고 사야 한다는 것이 그 이유였다.

미술품 수집가인 빌 퍼거슨과 클레어 스테닝은 모드의 그림을 인쇄해서
팔아 보려고 했지만 성공하지 못한 것으로 보인다. 존 키니어에게 보낸
편지에서 모드는 그렇게 만든 인쇄물로 한 푼도 받지 못했다고 썼다.
모드가 어린 시절 야머스에서 누리던 삶을 회상하며 가장 그리워한
한 가지를 꼽으면 바로 음악이었다. 조던타운과 딕비의 교회에는
훌륭한 성가대가 있었지만, 에버릿은 모드가 교회에 가는 것을
허용하지 않았다. 모드에게는 아버지의 집에서 가져온 축음기가 한 대
있었지만 스프링이 고장났고, 에버릿은 고쳐 줄 생각을 하지 않았다.
모드가 세상을 떠나던 시점에 나의 아버지와 더그 루이스 – 에버릿
루이스의 집안과는 무관하다 – 는 모드의 그림을 상당히 모으고
있었다. 두 사람 모두 모드의 재능에 감탄했고, 그들과의 우정은
모드가 에버릿의 인색함을 견디는 데 도움이 되었다. 나의 아버지는
오래된 시골 노래와 찬송가들을 기억하고 있었고, 가끔씩 그 노래들을
부르면서 모드에게 아느냐고 묻곤 했다. 모드는 노래를 기억하고
웃음을 터뜨렸지만, 따라 부르지는 않았다. 그 세대의 노인들이 그랬듯

모드가 그린 교회 그림에서 창문이 빛나는 것은 예배가 진행
중이라는 의미이다. 에버릿과 결혼한 후에는 교회에 출석하지
않았지만, 모드는 이런 그림을 자주 그렸다.
썰매와 마을Sleigh and Village Scene, 연도 미상
파티클보드에 유화물감
26.3×30.1cm
노바스코샤 교육문화부 컬렉션

검은 말 한 마리가 끄는 마차는 시골 의사가
왕진을 다니는 모습일 가능성이 높다.
무제, 1966년경
파티클보드에 유화물감
22.8×30.7cm
이브 워와이어 컬렉션

모드도 틀니를 하고 있었는데, 색이 많이 바래고 잘 맞지도 않았다.
그래서 아버지가 자꾸 웃기면 입을 가리고 고개를 돌렸다. 아버지는
모드에게 배터리로 작동하는 캐나디언 타이어(자동차 용품을 비롯해
각종 가정용품과 전자제품을 파는 캐나다의 매장 체인)의 라디오를 가져다
주었다. 에버릿은 라디오를 사용하지 않을 때는 배터리를 절약하기
위해 따로 빼서 왁스가 칠해진 종이에 싸서 보관했다. 음악을 사랑하는
모드와 그녀가 음악을 들을 기회를 제한했던 에버릿과의 결혼 생활을
그것보다 잘 보여 주는 예도 없을 것이다.

1996년, 노바스코샤 아트 갤러리가 모드가 남긴 물건을 조사했을 때
라디오는 빠져 있었다. 라디오를 넣는 가죽 케이스는 있었지만, 모드가
아끼고 사랑했던 다른 많은 물건들처럼 라디오는 사라지고 없었다.
에버릿이 세상을 떠난 뒤 그 집의 소유주였던 배리 제닝스나 '모드
루이스의 집 보존협회'의 스티븐 아웃하우스 모두 정성을 다해 모드의
오두막집을 관리했지만, 물건들이 사라진 이유는 알 수 없었다. 하지만
그 미스터리는 그해에 내가 노바스코샤의 그린우드에 사는 크리스크
부부에게서 받은 전화 한 통으로 풀렸다. 그 부부는 모드가 옷을
다리는 데 사용하던 다리미를 소장하고 있다고 했다. 그들에 따르면
에버릿에게서 1달러에 다리미를 샀으며, 자신들에게 다른 물건들도
사지 않겠느냐고 했지만 거절했다고 했다. 누가 모드의 라디오를
샀는지는 알 수 없지만, 언젠가는 나타날지도 모른다. 에버릿이 팔았던
물건 중에는 모드가 세상을 떠난 뒤에 받았던, 위로의 말이 적힌
카드들도 있었다. 에버릿은 그 카드들을 빈 초콜릿 상자에 모두 넣어서

1달러에 팔아 버렸다. 그중에는 리처드 닉슨 대통령이 보낸, 미국 대통령의 직인이 찍힌 카드도 있었다. 글을 몰랐던 에버릿은 그 카드에 적힌 문구를 읽을 수 없었다.

"심심한 위로를 보내며, 기도드립니다."
(서명) 리처드 닉슨

배우자를 잃은 사람이 받은 위로의 편지를 팔아 버리는 일은 흔히 볼 수 있는 행동은 아니다.
에버릿에게 모드는 동반자였고, 후에는 수입원이었다. 그에게 모드가 가족이었던 적은 없었다. 에버릿은 사람들이 모드에게만 관심을 보인다는 사실을 견디지 못했다. 그녀가 세상을 떠난 후 에버릿은 모드의 이름과 태어나고 죽은 날짜를 적은 묘비를 세우지 않았고, 그 대신 자신의 부모를 기리는 루이스 가족 묘비 맨 밑에 모드의 이름을 새겨 넣었다. 거기에 새긴 모드의 이름은 '모드 다울리'였다. 루이스가 살던 마셜타운의 땅에 사람들이 하나둘 돌을 세워 무덤을 만든 1996년 이전까지는 딕비에서 가장 널리 알려진 예술가이자, 가장 많은 사랑을 받은 주민이었던 모드를 위한 기념비는 없었다.

시골 교회의 창문이 어둡고 하늘도
어두운 것으로 보아 저녁 모습으로 보인다.
무제, 연도 미상
파티클보드에 유화물감
23×30.5cm
개인 컬렉션

모드 없는 에버릿
Everett without Maud

시골 사람들은 편자를 막힌 쪽이 위로 가게 해서 문에
붙여두곤 했다. 행운이 날아가지 못하게 '묶어 두려는'
바람에서였다. 편자 너머로 난로에 넣을 나무를 썰매에 실어
끌고 오는 에버릿이 보인다.

모드와 에버릿의 결혼 생활은 모드가 세상을 떠날 때까지 32년 동안
지속되었다. 핼리팩스로 여행을 한 번 간 것과 결혼 초기에 크리스마스
카드를 팔러 다녔던 때를 제외하면 모드는 결혼 생활의 대부분을 창문
옆 구석 자리에 앉아서 바깥 세상을 바라보며 그림에 옮겼다.
모드는 정원을 가꾸거나 꽃을 기르지 않았다. 교회 사람들과
친목 활동을 하지 않은 것은 물론이고, 교회에 나가지도 않았다.
조던타운에서 크리스마스 캐롤을 부르는 사람들이 트럭을 타고
마을에 도착해도 모드의 오두막집에 들르려는 사람은 없었다.
모드는 기차역이나 버스 정류장에 친구를 맞거나 만나려고 나가지도
않았으며, 식당에서 음식을 먹은 적도, 상점에서 옷을 산 적도 없었다.
결혼 전에는 그런 사회생활의 즐거움이 자신과 맞는 일이라고
생각하지 않았고, 결혼 후에도 극히 예외적인 경우를 제외하고는
없었다.
미국의 모지스 할머니나 영국의 헬렌 브래들리 같은 다른
민속화가들과 달리, 모드 루이스는 사람을 그리는 일이 별로 없었다.
사람은 모드의 그림에서 중요한 요소가 아니었다. 하지만 모드가
그린 동물과 새, 꽃과 해 지는 풍경 속에는 단 한 사람만이 반복해서
등장한다. 시골 사람의 옷차림을 한 키가 크고 마른 사내로, 귀덮개가
붙어 있는 빨간 모자를 쓰고, 검은 테두리가 있는 붉은 스웨터를
입었으며, 손으로 짠 장갑을 끼고 있다. 그 남자는 의심할 여지없이
에버릿 루이스다. 가끔은 그림에서 체크무늬의 벌목공 외투를 입고
등장하거나, 목재를 끄는 소들을 몰기도 하고, 쉬고 있는 말 위에

마구를 채우고 있다. 목재를 목재소로 옮기는 작업을 하기도 하고, 포드 모델 T에 모드를 태우고 운전하는 모습으로도 등장한다. 그래도 그 남자가 정말 에버릿인지 확인하고 싶다면 밥 브룩스가 1965년에 찍은 사진을 보면 된다. 그 사진 속 에버릿은 모드의 그림에서와 똑같은 옷을 입고 있다.

모드는 그림에 벌목공이나 마소를 모는 사람이 필요하면 항상 에버릿을 등장시켰다. 그런 그림들은 모드에게 행복한 그림이었고, 모드에게 에버릿이 믿을 수 있고 자신의 인생에 긍정적인 존재였음을 보여 주는 증거다. 모드가 그린 시골 풍경에서 에버릿은 유일한 인간이고, 모드가 그를 그림에 그렇게 삽입했다는 사실은 그녀가 그를 좋게 평가했음을 보여 준다.

에버릿은 단점이 많은 사람이었지만, 모드에게 있어 진정한 삶의 동반자였다. 적어도 자신의 기준에 맞을 정도로는 집을 가꿨고, 겨울에는 따뜻하게 유지했으며, 정원을 가꾸고, 저녁에는 식사를 준비했다. 에버릿은 때로는 술에 취하고, 거짓말도 자주 했고, 자기 자존심을 지키기 위해서 과장해서 말하는 사람이었지만, 모드가 가장 좋아하는 일을 할 수 있게 해 주었다.

모드는 덕분에 원하면 얼마든지, 언제든지 그림을 그릴 수 있었다. 에버릿은 모드에게 물감과 붓과 보드를 공급해 주었고, 결혼 전 약속대로 먹을 것과 잠잘 곳을 제공해 주었다. 누가 그 정도의 도움만 준다고 해도 감사할 아티스트들은 세상에 많을 것이다. 에버릿은 모드에게 안정된 삶을 주었지만 돈 관리는 자신이 직접 했고, 자신이 집착했던 돈을 모으기 위해 모드의 노동을 사용했다. 아름답기만 한 이야기는 분명 아니지만, 미술사에는 그보다 더 심한 일이 얼마든지 있다. 모드의 그림에 등장하는 키가 큰 남자는 에버릿이 맞다. 따라서 우리는 모드가 에버릿에 대해 좋은 감정을 가지고 있었고, 그를 사랑했으며, 자기 그림의 중심 인물로 만들어 존경을 표한 것이라고 생각해도 좋을 것이다.

모드가 세상을 떠났을 때 에버릿은 77세였다. 에버릿은 이빨이 모두 빠졌지만, 돈을 아끼려고 틀니를 맞추지 않았고, 사람들이 있을 때는 안경을 쓰지 않았다. 사람들은 에버릿이 단어를 우스꽝스럽게 잘못 발음하곤 했다고 말한다. "Barbados molasses"(바베이도스산 당밀)을 달라는 말을 "Tabados molasis"를 달라고 하는 식이었다.

에버릿은 모드가 세상을 떠난 후에도 오두막집에서 9년을 더 살았지만, 그의 성격은 나아지지 않았다. 찾아오는 손님이 얼마나 중요한 사람인지에 따라서 화를 내기도, 아첨을 떨기도 했다. 돈이 필요한 상황이 아니었는데도 자신은 가난하다며 직접 그린 그림을 팔았다. 그의 단점 중에서도 유독 두드러지는 것이 그가 구두쇠였다는 사실이다. 모드가 궁핍을 겪은 이유는 돈이 없어서가 아니라, 에버릿이 모아둔 돈을 쓰지 않았기 때문이다. 그는 자신이 모은 돈을 정원과 마룻바닥 밑에 묻어둔, 말하자면 사일러스 마너(영국의 소설가 조지 엘리엇의 동명소설에 등장하는 구두쇠 주인공. 밤마다 모은 돈을 세어 보는 인물로 유명하다)같은 사람이었다. 어쩌면 가난했던 어린 시절의 불안에 대한 반대급부로 그런 성격을 가졌을 수도 있다. 그렇게 모은

모드는 에버릿을 좀 더 위대해 보이게 그렸다.
이 그림에서 에버릿은 소 한 쌍을 모는 모습으로 등장한다.
빨간 모자와 스웨터를 보아 그 인물이 에버릿임을 알 수 있다.
베어 리버Bear River, 연도 미상
27.9×35.8cm
올러버 가족 컬렉션

모드 루이스가 그림 그리는 일을 좋아했던 것처럼,
그림 속의 말들도 짐 끄는 일을 좋아한다. 머리를 높게 들고
걸으면서 무거운 짐을 끄는 것을 자랑스러워하는 듯하다.
무제, 연도 미상
보드에 유화물감
30.3×35.3cm
더글러스 E. 루이스 박사 컬렉션

돈으로 무엇을 하려던 것인지는 아무도 모르지만, 정말로 위급할
때는 돈을 썼다. 모드가 세상을 떠나 앰뷸런스가 집에 도착했을 때
에버릿은 앰뷸런스 운전사에게 50달러를 주면서 핼리팩스에 있는
'정유공장'(refinery, 병원을 의미하는 infirmary를 에버릿이 잘못 발음한
것이다)에 데려다 달라고 했다고 한다. 에버릿에게는 핼리팩스에 있는
병원이 딕비의 병원보다 더 좋은 병원이었기 때문이다.

에버릿은 해가 갈수록 특이한 성격으로 변했다. 다 찢어진 더러운 옷을
입고 다니는 바람에 털 빠진 늙은 까마귀처럼 보였고, 외투는 바람에
날렸고, 푹 꺼진 얼굴에 면도도 제대로 하지 않고, 눈에 띄는 모든 것을
의심하는 눈길로 쳐다봤다. 벌목공들이 입는 체크무늬 셔츠를 목까지
단추를 채워서 계절과 상관없이 입고 다녔다. 공공장소에서 에버릿이
소란을 피울 때마다 사람들은 "저 사람 조심하지 않으면 다칠 일이
생길 텐데" 하고 말하곤 했는데, 결국 그런 일이 일어나고 말았다.
1979년, 어떤 젊은 남자가 에버릿의 오두막집에 돈을 훔치러 들어온
것이다. 에버릿은 가진 돈을 지키려고 버티다가 결국 살해당했다.
이 사건을 두고 이웃들은 의견이 분분했다. 모드 루이스를 지켜 주던
사람이 살해당했다는 사실에 슬퍼하는 사람들이 있었는가 하면,
그렇게 구두쇠로 혼자 살았으니 스스로 자초한 일이라고 생각하는
사람들도 있었다.

살아남은 집

The Survival
of the House

그림이 그려진 모드 집의 현관문.
현재는 캐나다 교육문화부 컬렉션의 일부로,
노바스코샤 아트 갤러리에 대여 중이다.

에버릿이 세상을 떠난 후 마셜타운의 오두막집을 둘러싸고 모드
루이스가 남긴 유산에 관한 논쟁이 생겼다. 모드와 살 때도 에버릿은
늘 오두막집을 찾아오는 사람들에게 집은 자신의 것임을 분명히 했다.
그는 모드가 그 집에 오기 전부터 살았고, 모드가 세상을 떠난 후에도
그곳에서 살았다. 하지만 모드가 집에 너무나도 뚜렷하게 흔적을
남겼기 때문에 그 오두막집은 '모드 루이스의 집'으로 알려졌다.
에버릿의 해결책은 (모드가 그림을 그린) 현관문을 팔고, 집에 페인트를
다시 칠하는 것이었다.

집은 재산으로서의 가치는 거의 없었다. 심지어 집이 서 있는 토지도 별
가치가 없었다. 집 옆에는 돼지농장과 딸기농장이 있었다. 집 밖에 있는
건물들은 기초공사도 되지 않았고 창문틀이 썩어 가는, 타르종이가
펄럭이는 창고 건물들이었다. 바람이 집의 마룻바닥과 땅 사이의
틈으로 불어 들어와, 겨울과 봄에 난방을 하지 않으면 모드 루이스의
집은 몇 계절이 채 지나지 않아 썩어 무너질 것이었다. 겨울에는
얼어붙고, 봄에는 홍수로 물이 차오르고, 못이 튀어나오고 나무
판자가 떨어져 나올 상황이었으며, 바람이 심하게 부는 가을날이면
지붕 너와의 절반이 날아가 버릴 그런 집이었다. 하지만 이 집은
흔한 시골집이 아니었다. 모드 루이스가 탈바꿈시키고, 멀리까지
이름을 알린 집이었으며, 여행하는 사람들 사이에서 딕비에 가면 꼭
찾아보라고 서로 이야기해 주는 볼거리였다.

집을 반드시 보존해야 한다는 이야기가 나왔다. 에버릿의 장례식이
있은 후 오래되지 않아 일련의 시민들이 모여서 '모드 루이스의

꽃 그림은 고객들에게 인기가 많지는 않았다.
모드는 자신이 좋아서 꽃을 그렸다.
튤립Tulips, 연도 미상
파티클보드에 유화물감
23×30.5cm
개인 컬렉션

집 보존협회_{Maude Lewis Painted House Society}'를 결성했다. 1979년에
보존협회를 결성한 다섯 명의 위원은 아이삭 버틀러 목사, 르네
리처드와 그의 아들 폴 리처드, 그리고 모드의 절친한 친구 케이와
로이드 맥닐이었다.

집을 보존하고 복구하려는 시도에 관한 길고 복잡한 이야기는
그렇게 시작되었다. 회장이었던 르네 리처드는 협회가 결성된 후 5년
동안 루이스의 집을 복구하는 비용을 모금하기 위해 부지런하게
돌아다녔으나 별 성과가 없었다. 기금이 바닥날 지경이 되자
리처드는 자신이 직접 6천 달러를 구해 단체에 빌려주었다. 그의
노력에도 불구하고 협회는 불행하게도 다른 지원을 받지 못했고,
결국 보존보다는 논란거리로 전락하면서 끝이 났다. 그들의 문제는
에버릿의 재산을 청산하는 것에서 시작되었다. 모드 루이스의 집
보존협회의 회원들은 모드의 집이 더 이상 집이 아니라 하나의
작품이기 때문에 에버릿의 상속자들이 보존협회에 집을 팔 것으로
지레짐작했다. 하지만 상속자들은 그 집을 루이스 집안의 먼 친척인
배리 제닝스에게 넘겼다.

게다가 빨리 대책을 세워야 할 중대한 문제가 있었다. 이웃집들과
떨어져 있는 모드의 오두막집을 생각 없는 사람들이 파손할 우려가
있었고, 값어치 있는 물건을 찾는 사람들에 의한 도난의 우려도 있었다.
에버릿이 모아둔 재산의 상당 부분을 경찰이 발견하지 못해서 도난
당했다는 소문도 돌았고, 어떤 갤러리가 모드 루이스의 현관문을
상당한 금액의 매물로 내놨다는 보고도 핼리팩스에 들려왔다. 부부가

이용하던 계단도 뜯어다 팔지 모를 노릇이었다.

제닝스는 재빨리 나무 판자를 가져다가 건물의 외벽을 감쌌다. 아무도 건물에 들어갈 수 없게 방수가 되는, 두툼하고 견고한 나무판으로 막아 버린 것이다. 기물을 파손하거나 도둑질을 하려는 사람들에게 누군가 이 건물을 관리하고 있다는 인상을 주기에는 충분했다. 제닝스가 나무 판자로 건물을 둘러싸지 않았다면 모드 루이스의 집은 첫 번째 겨울도 넘기지 못하고 사라졌을 것이다. 하지만 1979년과 1980년, 집을 매입하기 위해 협상을 벌이던 보존협회의 르네 리처드는 제닝스가 집을 보호하기 위해 둘러싼 나무 판자 때문에 집의 내부가 더 빨리 썩고 있다고 주장했다. 제닝스가 두른 나무 판자는 튼튼하고 방수 기능이 있었지만, 밀폐 기능을 제공하지는 못했다. 게다가 더 이상 난방을 하지 않고 있고, 바로 땅 위에 놓여 있었기 때문에 집 안에 습기가 찼다. 노바스코샤의 집들이 다 그렇듯, 아무리 잘 에워싸도 난방을 하지 않으면 바닥부터 썩어 올라올 수밖에 없었다. 그럼에도 불구하고 싸움이 이어지면서 모드 루이스의 집 복원은 계속 미뤄졌다.

1980년, 제닝스는 모드의 집을 보존협회에 1만 1천 달러의 가격에 팔았다. 아주 큰 돈은 아니었지만, 보존협회가 감당하기에는 큰 돈이었고, 보존협회는 재정난에서 헤어나지 못했다. 제닝스는 보존협회의 부담을 줄여 주기 위해 판매가를 일시불로 지불하라고 요구하지 않았고, 노바스코샤의 주정부도 보존협회에 5천 달러를 지원해 주었다. 이는 다행스러운 일이기는 했지만, 한편으로는 보존협회가 자체적으로 기금 모금을 할 능력이 없음을 보여 주는 일이기도 했다. 보존협회의 회원 가입비는 2달러로 고정되어 있었는데, 이 회비가 너무 낮아서 한 명의 회원을 관리하는 비용이 그보다 더 들어갔다. 따라서 모드 루이스의 집 보존협회는 회원이 늘어날수록 손실이 커지는 구조였다.

1979년 4월, 노바스코샤 아트 갤러리의 도움으로 캐나다 보존 연구소의 밥 아놀드가 마셜타운을 방문했다. 그가 작성한 보고서에 따르면 건물은 빠른 속도로 썩고 있었다. 스토브에 그려 넣은 꽃들부터 다락방으로 올라가는 계단까지, 모드가 그려 넣은 그림들이 아직 집 안 곳곳에 남아 있었다.

보존협회는 아직도 필요한 자금을 구하지 못하고 있었지만 1982년에는 집을 일반에 공개할 계획이라고 발표했다. 회원은 500명 가까이 되었지만, 대부분 매일매일 일을 도와주기에는 너무 멀리 사는 사람들이었다. 회원들 중에는 캐나다인도 있었고, 미국인도 있었다. 주로 모드와 에버릿이 살아있을 때 한두 점의 그림을 샀던 사람들로, 모드에 대한 기억을 보존하는 일을 기꺼이 돕고 싶어했다. 보존협회는 회원들의 회비와 집을 방문하는 사람들이 현장에서 내는 기부금으로 기금을 모을 수 있기를 기대했다. 배리 제닝스에게 집을 매입한 대가로 지불해야 할 잔금이 아직 6천 달러가 남아 있었다.

도움을 줄 수 있는 사람들에게 지원을 받아내지 못한 것이 보존협회의 문제였다. 게다가 르네 리처드는 마운트 세인트 빈센트 대학교의 아트 갤러리에서 모드의 그림을 모아서 개최한 전시회에 비판적이었다. 보존협회의 노력에 방해가 된다는 주장이었다. 그는 모드의 그림을

소유한 사람들이 싼 가격에 그림을 샀기 때문에 필요할 경우 그
그림들을 협회에 기증하자고 제안했지만, 그림의 소유자들은
거부했다. 보존협회와 관련한 논란과 싸움도 하나의 이유였지만,
협회에 그림을 기증하더라도 보관할 장소가 없기 때문이기도 했다.
집의 복구에 드는 비용 견적이 높게 나오면서 문제는 더 복잡해졌다.
1982년, 보존협회는 모드의 집에 진행되고 있는 손상을 막기 위해 4만
달러가 긴급히 필요하다고 발표했다. 하지만, 그 액수를 의심하는
사람들이 있었다. 목재 가격을 포함해 몇천 달러면 지역의 숙련된
목수들이 썩은 목재와 문틀을 교체하고, 집에 없는 기초를 만들어
줄 수 있었다. 게다가 집의 문틀은 특별히 보존 가치가 있는 부분이
아니었다.
모드 집의 실내에 진행되고 있는 문제를 인식한 보존협회는 1981년,
집 안의 물건들 중 일부를 노바스코샤 아트 갤러리로 옮기는 것을
허용했다. 시간이 갈수록 비와 바람에 의한 피해가 커졌고, 필요한
기금도 이제는 4만 6천 달러에서 5만 달러로 계속 커졌다. 기초공사와
벽 지지물 공사에만 2만 달러가 든다고 했지만, 지나치게 큰 액수로
보였다. 보존협회는 자금이 부족했고, 시간은 얼마 남지 않았다.
1982년 말에 이르면서 보존협회는 심각한 문제에 빠졌다. 리처드가
6천 달러를 협회에 대여한 일도 문제였다. 협회는 그 돈을 갚을 수
없었고, 리처드는 부유한 사람이 아니었다. 재정 관리와 보존협회 일은
나이 많은 리처드가 감당하기에는 너무 벅찼다. 리처드는 낙담했고,
안타깝게도 모드 루이스 집의 보존사업이 완성되는 것을 보지 못한 채

바닷물이 역류해서 강물을 만나는 모습.
노바스코샤에서 볼 수 있는 독특한 장면으로
모드 루이스에게는 행복한 장면이었다.

새라 셜리를 기다리며Waiting for the Sara Shirley,
연도 미상
보드에 유화물감
22.8×30.5cm
울러버 가족 컬렉션

세상을 떠났다.

1984년에 보존협회의 운영진이 조크 배그웰과 스티븐 아웃하우스로 바뀌었지만, 이미 기회를 놓쳤기 때문에 그들이 할 수 있는 일은 많지 않았다. 스티븐은 모드의 집에 대한 관심을 다시 일으키기 위해 모드와 에버릿이 집 앞에 있는 모습을 나무조각으로 만들었고, 그 조각을 로드 넬슨 호텔에서 경매에 붙여 그 수익금을 기부했다.

그즈음 모드의 집 내부는 난장판에 가까웠고, 더럽고 곰팡이까지 생긴 상태였다. 모드가 창문과 계단에 그린 그림은 페인트가 벗겨지고 있었다. 주철로 된 스토브는 사용하지 않아서 녹이 심하게 슬었다. 1984년 6월, 마침내 보존협회는 노바스코샤 아트 갤러리에 모드의 집에 대한 책임을 이양했다. 그리고 노바스코샤 아트 갤러리는 주 정부에 의뢰해 모드의 오두막집을 매입했고, 그 집을 통째로 들어 올려 국토산림부가 소유한 건물에 보관했다. 매입 당시 노바스코샤 아트 갤러리는 핼리팩스 항구 근처에 새로운 전시관을 만들고 거기에 모드의 집을 전시할 계획을 가지고 있었다. 주정부의 매입으로 협회는 리처드에게 빌린 돈을 갚을 수 있었다.

모드 루이스의 집을 원래 있던 자리에 두지 못한 것이 보존협회의 잘못이라고는 할 수 없다. 처음부터 노바스코샤 아트 갤러리에 보존하는 것이 맞는 해결책이었을 것이다. 모드의 집을 지키기 위해 열심이었지만 의견이 갈리고 아마추어였던 보존협회의 시도는 노바스코샤 아트 갤러리라는 전문적인 조직과의 협업으로 의견을 모으고 성공적인 답을 찾을 수 있었다. 핼리팩스 칩사이드의 홀리스가에 위치한 노바스코샤 아트 갤러리의 전시장을 방문하는 사람들은 모드 루이스의 유산이 공공 갤러리에 위치하는 것에 공감할 것이다. 모드의 작품은 그 지역에 국한된 유산이 아니며, 그녀의 그림은 북미 전역에 퍼졌기 때문이다. 모드는 항상 안전하게 영원히 머무를 수 있는 거처를 원했던 사람이다. 그녀의 유산도 마찬가지일 것이다.

다시, 모드의 오두막집을 찾아서

1995년, 나는 딕비의 마셜타운을 방문했다. 특별히 무언가를 발견할
거란 기대를 하고 간 것은 아니었다. 다만 예전에 모드 루이스에 대해서
가졌던 강렬한 느낌을 되살리고 싶었다. 모드 루이스에 관한 희곡을
쓰고, 전기를 쓰고, 전시회도 기획하는 등 정신없이 활동하는 동안 나는
뭔가를 잃어버렸다는 느낌을 받았다.

나는 모드가 자신의 그림을 그다지 높게 평가하지 않았다고 생각했다.
그녀는 자신을 아티스트로 생각하지 않았고, 딕비에 흔했던 공예가들-
나무 배럴 만드는 사람, 유인용 오리decoy(야생 오리를 사냥하는
사람들이 오리를 유인하기 위해서 사용하는 나무로 만든 오리) 공예가, 상자
제작자, 러그 공예가, 카누 제작자, 바구니 짜는 사람들 같은- 중
하나로 여겼던 것 같다. 모드 같은 화가도 있었고, 삼각대와 유리판
사진기(유리 건판을 사용했던 구식 사진기)를 들고 시골 구석구석을
돌아다니는 사진작가들도 있었다. 개성 있는 장식을 자랑하는 퀼트를

만드는 사람들도 있었다. 그들의 퀼트는 미국과 캐나다 전역에 팔렸다. 만든 사람들은 세상을 떠났어도 작품들은 아직도 남아 각 가정의 침대를 장식하고 있다. 야머스에서 딕비로 가는 길에 있는 플림튼의 버트 포터 매장에서 팔던 퀼트는 관광객들을 상대로 한 기념품으로 모드의 그림과 경쟁했다.

모드 루이스의 작품은 값어치가 많이 나갔지만, 노바스코샤에서 가장 값비싼 작품은 아니었다. 가장 비싼 값을 받은 것은 나무를 깎아 만든 유인용 오리였다. 그들이 만든 초기의 나무 오리 조각들은 지금은 미국 경매장에서 수만 달러에 팔리면서 오두본 판화(19세기 중반까지 활동한 미국의 유명한 조류학자 존 제임스 오두본이 그린 새 그림 판화로, 미국 조류학을 대표하는 그림들이다)와 어깨를 나란히 하고 있다. 모드 루이스의 그림은 그 가격대에 팔린 적이 없고, 이제까지 최고가로 팔린 것은 모드의 오두막집 현관문으로, 노바스코샤주에서 5천 달러를 주고 매입했다. 반면 유인용 오리는 이름 없는 장인들이 만든 것들이다. 어떤 오리들은 물 위에 진짜 오리처럼 자연스럽게 뜨도록 무게를 준 것들이고, 어떤 것들은 습지에 박은 쇠막대 위에 세우도록 만들어졌으며, 앞뒤에 고리가 달려서 마치 한 떼의 오리들이 조류를 타는 것처럼 보이도록 끈이나 뗏목에 묶을 수 있게 만든 것들도 있다. 아쉽게도 가장 잘 만든 것들은 미국에서 온 골동품 수집상들이 싹쓸이해 갔다.

모드와 동시대의 인물로 딕비의 이발사 해리 트래스트와 간판장이 뷥 맥닛이 있다. 나는 주 코브에 위치한 해리의 옛 이발소에 가면 벽에

모드 루이스의 그림이 한두 점 걸려 있을 거라 생각했다. 해리 본인도
미술 교육을 따로 받지 않고 혼자 그림을 배워서 그렸다. 그의 그림은
비록 딕비를 넘어서 인기를 끌지는 못했지만, 딕비 사람들에게는
인기를 끌었고, 지역 축제나 그림대회에서 상도 받았다. 해리의 이발소
옆에는 〈딕비 쿠리어〉라는 신문의 편집실이 있었다. 이디스 월리스는
그 신문에 모드 루이스에 관한 기사와 함께 그림 두 점을 소개한 적이
있다. 그러나 나의 작은 탐험은 실패로 끝났다.

해리와 이디스 모두 세상을 떠나고 없었다. 해리의 이발소는 문을
닫았고, 〈딕비 쿠리어〉 신문사는 팔렸다. 이디스 월리스가 월리스
인쇄소와 〈딕비 쿠리어〉를 운영하던 흔적도 남아 있지 않았다. 그녀가
보관하던 귀중한 파일과 오래된 사진들도 사라졌고, 그와 함께 모드와
에버릿 루이스 초기의 흑백사진들도 행방을 감췄다.

나는 오래전 모드가 에버릿의 광고를 보고 마셜타운으로 처음
걸어가던 그날에 걸었을 것으로 추정되는 길을 최대한 따라 걸었다.
모드가 힘들게 기어올랐던 철길의 교각들은 사라졌고, 철길도
들어내고 없었다. 이제는 사용하지 않는 길에는 바닷가에서 채취한
해초를 펴놓고 말리고 있었다. "듀가스―퀼트 팝니다"라고 적힌
간판이 반갑게 나를 맞았고, 좀 더 가니 산등성이를 가리키는 또 다른
간판 하나에 "라퓨어 파이―방금 구운 파이, 냉동한 파이 팝니다"라고
적혀 있었다. 스티브 아웃하우스의 민속조각품들이 구빈 농장에서
나온 사람들처럼 풀밭에 서서 햇빛에 반짝이고 있었다. 몇 주 전에
그가 했던 말이 생각났다. "아시다시피, 모드는 우리 모두의 어머니나

얼어붙은 호수 위에서 오빠와 여동생이 행복하게
스케이트를 타는 모습은 모드가 세상을 떠나기 직전에 그린
그림이다. 배경에는 한 사람이 썰매를 몰고 귀가하고 있고,
멀리에 있는 교회 창문에는 불빛이 켜져 있다.

무제, 연도 미상
파티클보드에 유화물감
30×36cm
개인 컬렉션

다름없습니다. 목수일을 그만두고 내가 세상에서 제일 좋아하는 이 목공예를 하면서 먹고살 수 있으리라고는 생각해 본 적이 없어요."

모드 루이스의 집은 다른 곳으로 옮겨졌지만, 나는 에버릿이 집 뒤에 세워 둔 창고들은 한두 개 남아 있을 것으로 기대했다. 내 예상은 빗나갔다. 모드가 앉아 있던 집 뒤의 풀밭에는 뜨거운 여름 햇살 아래 달콤한 산딸기들만이 익어 가고 있었다. 나는 풀밭과 산딸기밭 주변의 땅을 찔러 봤다. 물론 에버릿이 돈을 감춰둔 유리병을 발견할 거라고 기대하지는 않았다. 벌써 많은 사람들이 금속탐지기와 삽까지 들고 와서 샅샅이 뒤진 후이기 때문이다.

창고 건물들은 사라졌지만, 내 기억이 틀리지는 않았다. 나는 오두막집이 서 있던 자리와 모드가 사용하던 트레일러를 받치고 있던 콘크리트 블록들이 땅에 반쯤 묻혀 있는 것을 찾아냈다. 그리고 그곳에서 두 개의 물건을 발견할 수 있었다. 하나는 에버릿이 물건을 버리던 쓰레기 더미였다. 거기에서 나는 오래된 금속 그릇을 하나 찾아냈다. 그 그릇에는 페인트 자국과 함께 모드의 것이 분명한 꽃 그림이 그려져 있었다. 금속 그릇이었지만, 에나멜로 코팅된 그릇이라 녹이 슬지 않고, 유성 페인트로 그려진 탓에 30년 가까운 세월 동안 버려져 있었음에도 바람과 비를 견뎌 내고 남아 있었다. 나는 그릇을 차에 넣고 다시 뒤지기 시작했다.

그곳에서 멀지 않은 베어 리버에 나의 아버지가 모드 루이스의 걸작 60점을 소장하고 있지만, 무슨 이유에서인지 나는 루이스 집터의 쓰레기 더미를 뒤지고 싶었다. 아직도 해결되지 않은 궁금증이 남아 있었다.

그렇게 해서 발견한 것은 대단해 보이는 물건은 아니었다. 심하게 녹이
슬고 유리가 네 조각으로 깨진 모드의 시계, 야머스의 어머니 집에서
가져온 바로 그 시계였다.

에버릿은 그 시계를 1, 2달러에 팔려고 했지만 아무도 사지 않자
쓰레기 더미에 던져 버린 것이다. 양철로 된 시계의 전면부에도 모드의
솜씨가 분명한 장식이 그려져 있었다.

매일 아침 해가 떠서 모드가 그림을 그리던 창가를 밝게 비추었던
것처럼, 이 시계도 모드가 마셜타운의 큰길가 오두막집에서 보낸 30년
넘는 세월 동안 모드에게 시간이 지나고 있음을 알려주었을 것이다.
또한 가난과 고통이 떠나지 않았던 모드의 하루하루를 함께하면서,
그녀가 가슴 깊은 곳에서 기쁨과 찬란한 색채를 길어 내어 자신의
주위에 있는 모든 물건을 장식하며 세상을 향해 미소 짓는 모습을
담담히 지켜보았을 것이다.

무제, 1963년경
파티클보드에 유화물감
23×30.25cm
루시 커 부인 컬렉션

모드 루이스의 오두막집이
노바스코샤 아트 갤러리에 전시되기까지

버나드 리오든(노바스코샤 아트 갤러리 디렉터)

화창한 날이면 모드 루이스는 예쁘게 장식된 문을 열고 집 앞 도로를
지나는 사람들을 초대해 들였다. 여행자들은 운전을 하다가 '그림
팝니다'라는 팻말을 보고 차를 멈췄다. 우연히 들른 이도 있고, 일부러
찾아온 이도 있었지만, 여러 해에 걸쳐 많은 사람들이 모드의 초대에
응했고, 몇 달러를 지불하고 모드가 그린 아름다운 작품의 주인이
되었다. 그림들 중에는 고양이 두 마리를 그린 것도 있고, 소나 조랑말,
혹은 썰매를 그린 것들도 있었다. 사람들은 그저 그때그때 모드가
팔려고 내어놓은 것들을 구매했다.
모드가 세상을 떠난 지 근 30년이 지난 1996년, 노바스코샤 아트
갤러리는 모드의 작품을 가지고 있는 사람들에게 초청장을 보내어
모드 루이스가 그린 작품의 전체를 확인하고 그것을 바탕으로 이
책과 전시회를 기획하기로 했다. 한때 모드의 고객이자 후원자였던
사람들은 그녀가 지나가는 사람들에게 문을 활짝 열었던 것과 같은

마음으로 초대에 응하여, 캐나다에서 가장 사랑 받는 민속화가 중
한 명인 모드 루이스의 작품들이 대중과 다시 한 번 만날 수 있도록
도왔다.

1903년 캐나다 노바스코샤주 사우스 오하이오에서 태어난 모드
루이스는 평생을 자신이 태어난 곳에서 자동차로 한 시간 이상
벗어나지 않는 곳에서 살았다. 자신의 집에서 좀처럼 멀리 떠나지
않았던 모드의 일생은 다른 사람들의 기준으로 보면 갇혀 지낸
삶이었겠지만, 모드의 내적인 삶은 생기와 즐거움이 넘쳤고, 이는
그녀의 작품에 찬란한 색깔과 구성으로 잘 드러난다. 모드는 30대 초에
생선장수인 에버릿 루이스와 결혼하면서 딕비를 떠나 마셜타운의 작은
집으로 이사했다. 모드는 그 집 구석구석을 발랄하고 즐거운 그림으로
채웠다. 창문, 다락방으로 올라가는 계단, 심지어 스토브까지 모두
그녀에겐 독특한 예술 표현의 장소가 되었다.
모드와 남편 에버릿이 세상을 떠난 뒤 그들의 집은 안타깝게도 상태가
금방 나빠졌다. 1979년에 노바스코샤 아트 갤러리는 모드 루이스가
살던 집을 보존하는 작업에 들어갔고, 캐나다 보존 연구소에 의뢰하여
건물을 분석했다. 자신들이 사랑했던 민속화가에 대한 기억을
간직하려는 사람들이 '모드 루이스의 집 보존협회'를 만들고, 모드의
오두막집을 수리해서 방문객들에게 공개하려는 프로젝트를 기획한 뒤
지원을 받기 위해 부지런히 움직였다.
그러나 1983년에 이르기까지 보존협회는 계획했던 프로젝트에 충분한

재정을 확보하지 못했다. 그래서 모드의 집과 내부 집기, 그리고
부동산을 노바스코샤 아트 갤러리에게 맡기자는 제안이 나왔다. 모든
가능성을 논의하는 가운데, 그들이 가장 중요하게 생각한 것은 모든
것을 가능한 한 원래 있던 제자리에 남겨 두어야 한다는 점이었다.
하지만 그것이 불가능해지자, 건물을 통째로 창고에 보관하기로
했다. 노바스코샤주 조달청은 결국 마셜타운에 있던 그 집을 통째로
들어올려서 핼리팩스 인근 웨이벌리에 있는 격납고에 넣었다.
모드가 생전에 살던 집은 노바스코샤 아트 갤러리에 영구
전시되기까지 안전하게 보관되었다. 그즈음, 노바스코샤의 유명한
민속예술에 초점을 맞춘 새로운 아트 갤러리의 후보지로 핼리팩스의
한 바닷가가 거론되고 있었다. 모드 루이스의 집은 그녀가 그림을
그린 다른 물건들과 함께 새로운 아트 갤러리의 주요 전시물이 될
예정이었다.

노바스코샤 아트 갤러리가 민속예술에 관심을 갖기 시작한 것은
1976년에 있었던 20세기 노바스코샤 작품전 때부터다. 민속예술
전시회로서는 처음이었던 이 전시가 큰 성공을 거두자 민속예술
분야를 중점적으로 다루기로 한 것이다. 〈노바스코샤의 민속예술Folk
Art of Nova Scotia〉전은 지역 아티스트들의 작품을 전국에 소개했을 뿐
아니라, 독학으로 미술을 공부한 아티스트의 작품들이 미술관과 일반
대중의 관심을 받기에 충분하다는 것을 인정한 계기였다. 그 전시회
후로 노바스코샤 지역의 작품들뿐 아니라 캐나다와 세계적인 민속예술

작품 전시회가 뒤를 이었다. 1981년의 〈게임보드Gameboards〉전,
1982년의 〈프란시스 실버Francis Silver 1841-1920〉전, 1985년의 〈시간의
기록A Record of Time〉전, 1986년의 〈노바스코샤의 실내장식회화Interior
Decorative Painting in Nova Scotia〉전이 열렸고, 1987년에는 〈노바스코샤의
정신Spirit of Nova Scotia: 전통 민속장식미술 1780-1920〉전이, 1990년과
1992년에는 각각 〈노바스코샤의 민속예술, 캐나다의 문화유산Nova
Scotia Folk Art, Canada's Cultural Heritage〉전과 〈노바스코샤 민속예술Nova
Scotia Folk Art〉전이 열렸다. 그런 전시회들은 오타와에 있는 캐나다
내셔널 갤러리와 토론토에 위치한 온타리오 아트 갤러리, 런던의
캐나다 하우스, 워싱턴 D.C.의 캐나다 대사관 등에서 열렸고, 그 결과,
노바스코샤 민속예술의 특별한 전통과 아티스트들을 그 지역과
갤러리, 그리고 전 세계에 알릴 수 있었다.
그때까지는 아티스트 당사자보다는 흔히 '민속예술'이라고 불리는
그들의 작품이 더 주목을 받았다. 그러한 작품들은 아티스트 개개인이
노바스코샤에 정착한 시점에 느꼈던 실용적인 필요와 개인적인
상황에서 만든 것들이었다.
18세기와 19세기 동안에는 영국과 미국의 강한 문화적 영향 때문에
이 지역에 정착한 사람들의 다양한 배경을 반영하는 자생적인
문화가 성장하지 못했다. 하지만 1880년대에 이르면 노바스코샤가
가진 자원을 바탕으로 경제가 성장했고, 경제적 풍요가 여가생활을
가능하게 했고, 그 결과 문화적 표현이 발생했다. 노바스코샤 전역에서
화가와 조각가, 섬유예술가를 비롯해 개성과 매력이 가득한 물건들을

만들어 내는 사람들이 생겨났다. 그러나 그들의 문화 생산에는
형식적인 공통점이나 응집력이 없었다. 대부분의 예술가들은 주류
예술은 물론, 지역의 아티스트 사이에서도 아무런 교류 없이 고립된
채 작업을 했기 때문이다. 그들의 작품에 공공, 혹은 개인 컬렉터들이
관심을 갖기 시작한 것은 20세기 중반을 넘어서다. 미술상과 큐레이터,
그리고 학자들이 노바스코샤의 예술을 주목하기 시작한 것이 그
시점이다. 그들의 관심을 끈 아티스트들은 제임스 허틀, 프란시스
실버, 콜린스 아이젠하우어, 조 노리스, 엘렌 굴드 설리번, 그리고 모드
루이스였다. 소위 '주류'가 민속예술에 관심을 가진 후에야 비로소 이
아티스트들이 그 지역의 문화 발전에 중요한 기여를 했다고 여겨진
것이다.

민속예술이 자랑하는 자기표현과 예술가들의 매력은 대개 독학에서
비롯되었다고 알려져 있다. 모드 루이스의 작품은 바로 그런
민속예술의 전통을 아주 잘 보여 준다. '고급 예술'에 구애받지 않고
캐나다의 마음과 영혼에서 비롯된 예술 형식을 대표하는 것이 모드
루이스의 그림들이다. 아티스트에게 작품은 즉흥적이고 실재하는 삶과
경험의 연장선이다. 즉, 이는 보통 사람의 예술이며, 가치를 재발견하고
삶의 본질을 탐구하며, 그리고 현대 세계의 시각적 표현에서 가장
흥미로운 흐름 중 하나를 제공하는 목적과 비전의 순수성을 반영한다.
이제는 사람들이 진지한 예술로 생각하고 관심을 보이고 있는 이
분야에 대해서 캐나다의 미술사학자 J. 러셀 하퍼는 '민간 예술people's
art'이라고 이름 붙인 바 있다.

하퍼는 1973년에 이렇게 적었다. "민속예술은 쉽게 정의 내리기
힘들다… 민속예술 작품은 감수성이 있는 작가의 장식적인 혹은
예술적인 손길이 들어간 것으로 소박한 집 안이나 그 물건을 있는
그대로 즐길 수 있는 곳을 의도해서 만들어진다." 다른 학자들은
다른 점을 강조한다. 미국에서는 민속예술에 대한 표준 정의를 이렇게
내린다. "아카데미 예술(academic art: 정규 미술학교에서 가르치는 교육을
받은 아티스트의 예술)의 화풍의 유행을 따르지 않은, 전통적인, 혹은
특정 민족의ethnic 표현." 북미의 저자들은 '민속folk'이라는 단어가
특정 민족집단을 의미하는 것으로 오해되는 것을 피하기 위해 '나이브
아트naive art' 혹은 '원시 미술primitive art'이라는 표현을 더 많이 쓰고,
유럽의 저자들은 보통 사람들에서 비롯된 예술이라는 점을 강조하기
위해 '대중 예술popular art'이라는 표현을 사용하기도 한다.

그런데 이러한 정의들에는 한 가지 문제점이 있다. 바로 민속 표현의
결과물만을 이야기한다는 것이다. 민속예술이 미술관에 전시되었을
경우에 설명하는 방법으로서 만들어진 정의들인 것이다. 민속예술을
진지하게 정의하려면 민속예술이 가지고 있는 '의도'의 과정을
고려해야 하며, 민속예술가들의 창조적인 표현에 합당한 평가를
내려야 한다. 민속예술가들은 전문적인 예술가들의 커뮤니티가 가진
기준들과 무관하게, 상상의 결과물을 만들어 내기 위해 자신만의
과거와 현재의 일반적인 지식을 사용한다. 이런 과정은 다듬어지지
않은 원시적인 표현부터, 아름다운 순수함까지 다양한 표현으로
드러나겠지만, 민속예술은 (가령 노바스코샤의 농촌과 같은) 커뮤니티의

사회적 역사를 관찰할 수 있는 물질 문화의 한 측면을 보여 준다. 특별한 문화적 가치와 동일시하려는 바람은 모드 루이스의 작품에 반복적으로 등장하는 시골 생활의 모티프에서 확인할 수 있다. 꽃과 고양이, 썰매 타기, 새, 사슴, 그리고 일하는 소의 모습은 예술가 자신의 삶의 조건과 경험에서 직접 가져온 이미지들이다. 모드의 내적인 힘과 용기, 의지, 유머, 낙관적 태도는 이 세상을 밝혀 주었고, 그 결과 흔한 일상을 밝고 쾌활한 것으로 바꿔 놓았다.

이 책은 모드 루이스에게 바치는 헌사로, 그녀의 삶과 작품을 연대순으로 기록한다. 님버스 출판사와 노바스코샤 아트 갤러리가 협업한 결과물인 이 책은 갤러리가 모드 루이스의 작품들을 전국에 알리려는 계획 아래 탄생했다. 저자 랜스 울러버는 여러 해 동안 모드 루이스의 이야기를 모아 왔을 뿐 아니라 그의 가족은 모드 루이스와 인연이 깊기 때문에 모드 루이스의 전기를 쓰기에 더할 나위 없이 적절한 작가다. 그가 이전에 저술한 두 권의 책에는 모드의 그림이 등장하고, 근래에는 〈그림자 없는 세상World Without Shadows〉(Stage Hand Publishers, 1996)이라는 희곡을 쓰고, 연극으로 제작하기도 했다. 사진작가 밥 브룩스는 자신의 스타일과 기술적인 역량을 동원해 모드와 그녀의 작품을 재현해 냈다. 랜스와 밥, 두 사람의 노력 덕분에 이제 우리는 모드 루이스에 대한 기억을 간직할 수 있고, 다음 세대 또한 모드의 이야기와 예술을 즐길 수 있다.

또한 연구원 켈리 리건은 모드의 그림을 사 간 고객들과 후원자들이

갤러리에 작품을 들고 찾아오면 그들이 가져 온 작품과 그들의
이야기를 정성껏 기록하고 정리해 주었다. 모드 루이스의 그림을
찾는다는 이야기에 사람들이 보여 준 반응은 놀라웠다. 리건과
연락하고 이야기를 들려준 사람들은 하나같이 모드에 대한 큰 존경과
경탄, 그리고 사랑을 표했고, 그녀의 작품을 소유하고 있다는 사실을
자랑스럽게 생각하고 있었다.

노바스코샤 아트 갤러리가 모드의 작품 보존에 처음 관여한 1979년
이후로 많은 일들이 있었다. 바닷가에 전시 공간을 마련하려는 애초의
계획을 실현하지 못하자 모드 루이스의 집을 보존, 전시하려는 계획은
무기한 연기되었다. 이 계획이 다시 논의되기 시작한 것은 노바스코샤
아트 갤러리가 핼리팩스의 홀리스가 1741번지에 처음으로 영구적인
보금자리를 마련한 지 5년이나 지난 후였다. 모드의 집을 영구 보존할
장소를 마련하려는 모금을 위한 특별 위원회가 결성되고, 머브
러셀이 의장으로 선출되었다. 또한 갤러리는 모드 루이스의 작품은
물론 오두막집까지 전시할 수 있도록 갤러리 공간을 확장하는 5개년
전략계획을 채택했다. 실행 계획이 수립되자 캠페인 전략이 만들어졌고,
캐나다 문화유산부의 넉넉한 지원과 노바스코샤주 베드포드시의
쇼핑센터인 서니사이드 몰의 후원으로 집의 보존 작업을 시작할 수
있는 장소가 마련되었다.

모드 루이스의 집을 영구 전시하기 위한 준비가 진행되는 것과 동시에,
집이 원래 있었던 자리를 기념관으로 만들려는 계획이 1996년에
시작되었다. 노바스코샤 전역에서 사람들이 나서서 도운 결과, 1996년

가을에 계획이 실현되었다. 그 기념관이 기일에 맞춰 완성될 수 있도록
딕비 상공회의소가 도움을 주었을뿐 아니라, 켄과 맥신 코넬 부부가
딕비 지역사회의 노력을 끌어냈고, 스티븐 아웃하우스가 정성껏
도왔다.

모드 루이스 전시회 자체는 1995년, 스코샤은행이 주 후원사가 되기로
발표하면서 계획이 본격화되었고, 준비가 진행 중이던 1996년에는
크레이그 시각공연예술 재단도 후원을 결정했다. 모드 루이스
전시회는 1997년 1월 핼리팩스에서 처음 열리고, 그 후 2년 동안
캐나다 전역을 순회하게 될 것이다. (이 책은 전시회가 기획되던 1996년에
발행되었다.)

모드 루이스 프로젝트를 만들어 낸 다양한 구성 요소들을 통해
노바스코샤 아트 갤러리는 "예술과 대중을 만나게 한다"는 갤러리의
설립 목적을 실행하고, 새로운 관객을 찾아낼 수 있는 훌륭한 기회들을
발견할 수 있었다. 그중 하나는 모드 루이스의 이미지 저작권을 모드
루이스의 집 보존협회에서 노바스코샤 아트 갤러리로 이양함으로써
가능했다. 저작권 이양의 결과, 갤러리는 모드 루이스 그림의 복제품
판매를 통해 얻어진 수익으로 모드 루이스 프로젝트를 계속 이어갈 수
있는 기금을 조성할 수 있었다.

역자 후기

〈내 사랑 모드〉가 나온 지 벌써 7년이 지나 개정판을 낸다는 출판사의
연락을 받고 책장에 꽂혀 있던 이 책을 다시 꺼내 들고 읽었다. 잊고
있었던 내용이 떠오르면서 처음 받아 읽었을 때의 감동이 고스란히
다시 찾아왔다. 번역하면서 아티스트의 매력만이 아니라 글쓴이의
담백한 문체가 참 좋았는데, 지금도 그 생각에 변함이 없다. 독자들이
이 책을 7년 동안 꾸준히 찾았다는 건 전혀 신기한 일이 아니다.
짧지 않은 시간이 지났으니 이제는 새로운 세대의 독자들이 모드
루이스를 알아 나갈 거라는 생각에 기쁘다. 모쪼록 더 많은 분들이
캐나다 노바스코샤의 바닷가 마을에서 살다간 이 화가의 삶에서 일과
예술, 인생에 대한 성찰을 얻으실 수 있기를 바라는 마음이 간절하다.
아래 이어지는 글은 초판 역자 후기에서 어색한 부분들을 다듬고
덧붙인 것이다.

책을 번역하다 보면 한국에도 잘 알려진 영어 표현을 그대로 사용할 것인지 고민할 때가 종종 있다. 이 책의 경우는 원서에 등장하는 '포크 아트^{folk art}'라는 표현이 그랬다. 포크 아트는 흔히 '민속화^{民俗畫}'로 번역하고, 모드 루이스는 '캐나다의 민속화가'로 우리에게도 제법 알려져 있기 때문에 원서에 등장하는 포크 아트를 '민속화'라고 번역하는 것을 당연하게 생각할 수 있다. 우리에게 익숙한 민속화는 그림 속 내용이 특정 문화의 풍습이나 사람들의 사는 모습에 초점이 있다. 모드 루이스의 그림이 캐나다 노바스코샤 사람들의 삶의 단면을 잘 보여 주기 때문에 넓은 의미에서 '민속'이라고 불러도 크게 틀리지 않지만, 그의 그림 중 사람이 등장하지 않는 많은 풍경화가 이 범주를 벗어나는 게 사실이다.

포크 아트는 민화^{民畵}라고 번역하기도 한다. 민화는 보통 그림을 전문적으로 배우지 않은 아마추어의 작품을 가리키고, 이런 작품 중에는 장식적인 요소가 많이 강조된다. 그렇다면 모드 루이스의 작품은 민화라고 할 수도 있다. 그는 미술학교에 다닌 적이 없었을 뿐 아니라, 자신의 오두막과 집기 곳곳에 그림을 그려 넣어 꾸미곤 했다. 다만 우리가 아는 민화와 차이가 있다면, 스타일이 굳어져서 화가의 개성이 많이 억제된 우리의 민화와 달리 모드 루이스의 그림은 화가의 성격과 개성이 뚜렷하게 나타난다는 점이다.

모드 루이스는 자신을 위대한 화가라고 생각하지 않았다. 미국의 백악관에서 연락했을 때의 일화에서 읽을 수 있는 것처럼 그림 판매는 작업의 대가로 돈을 받는 노동의 결과였다. 자기 작품에 온갖 신비감을 부여하려는 현대 예술가들과 비교하면 신선한 느낌까지 든다.
어쩌면 그게 모드 루이스나 모지스 할머니 같은 민속화가들이 세월이
흘러도 사랑을 받는 이유일 것이다.
재미있는 건 이 책의 작가 랜스 울러버의 글도 비슷하다는 사실이다.
작가가 미술사를 전공한 사람이었다면 어쩔 수 없이 등장했을
민속화에 대한 역사적 개관이나, 많은 미술책에서 시도하는 작가의
심리에 대한 지나친 해석이 울러버의 글에는 등장하지 않는다. 그는
서문에서 고백하는 것처럼 과거에는 사람들이 왜 모드 루이스의 그림을
좋아하는지조차 깨닫지 못했던 사람이다.
하지만 이 책의 그림 설명은 미술이론을 배운 어떤 사람보다 더 모드의
그림을 잘 알고 있는 사람의 것이다. 민속화라는 추상적인 개념이나,
모드 루이스라는 화가의 화풍을 거창하게 설명하는 대신, 자신이 직접
발로 뛰어서 알아낸 화가의 인생과 작품에 흩어져 있는 작은 퍼즐
조각을 끈기 있게 맞춰 나간다. 그래서 이 책은 미술 전문가의 강의나
설명이 아니라, 숨겨진 삶의 흔적을 독자와 함께 찾아가는 평범한
사람의 기록처럼 느껴지고, 그게 저자의 의도였을 것 같다.
저자는 모드의 삶을 지나치게 낭만적으로 바라보지도, 감상적으로
묘사하지 않는다. 특히 모드의 남편 에버릿에 관한 그의 말에서
확인할 수 있는 것처럼 담담하면서도 냉정한 울러버의 기술記述은 모드
루이스라는 인물과 그의 작품을 다루는 데 더없이 적절하다. (저자의
문체가 왜 좋은지 잘 모르겠다면, 역자 후기 바로 앞에 있는 노바스코샤 아트
갤러리 디렉터의 짧은 글과 비교해 보시길 바란다.) 울러버가 모드 루이스와

같은 지역, 비슷한 시대에 살았기 때문이었을 수도 있다. 같은 문화에
살았던 사람만큼 아티스트의 정서를 잘 이해하는 사람이 있을까?
무엇보다 그림 속 풍경과 피사체를 잘 알고 있는 사람이라면, 그걸
그림에 담는 모드가 어떤 심정이었는지 누구보다 더 잘 짐작할 수 있지
않았을까?

그렇지만 저자는 자신의 감상을 본문에 섞지 않고—독자에게 아주
유익한 짧은 그림 설명을 제외하면—서문과 맺음말에만 오롯이 담아
두는 배려를 통해 독자가 스스로 모드의 삶과 작품을 생각해 볼 기회를
준다. 그렇기 때문에 나는 이 책을 읽는 독자 여러분들이 저자의 서문과
맺음말(특히 맺음말의 마지막 문단은 모드 루이스의 삶과 작품을 오래도록
추적한 랜스 울러버의 모든 것을 요약하는 명문이다)을 꼭 읽으셨기를
바란다. 울러버가 쓴 이 책은 어쩌면 모드 루이스가 이 세상으로부터
받은 최고의 선물일지도 모르겠다. ✸

모드 루이스 1903-1970

도서출판 남해의봄날 _ 봄날이 사랑한 작가 13
글과 그림, 사진과 음악 등 그들만의 언어로 세상을 밝게 비추는 사람들이
있습니다. 숨겨진 작품들 혹은 빛나는 이야기를 가졌지만
세상에 잘 알려지지 않은 작가들의 이야기를 다양한 시선으로 소개합니다.

내 사랑 모드

초판 1쇄 펴낸날   2018년 9월 15일
2판 1쇄 펴낸날   2025년 1월 24일

그림	모드 루이스
글	랜스 울러버
사진	밥 브룩스
번역	박상현
편집인	박소희책임편집, 천혜란
마케팅	조윤나
디자인	류지혜
인쇄	미래상상
펴낸이	정은영편집인
펴낸곳	(주)남해의봄날
	경상남도 통영시 봉수로 64-5
	전화 055-646-0512
	팩스 055-646-0513
	이메일 books@nambom.com
	페이스북 /namhaebomnal
	인스타그램 @namhaebomnal
	블로그 blog.naver.com/namhaebomnal

ISBN 979-11-93027-42-4 03840

남해의봄날에서 펴낸 여든다섯 번째 책을 구입해 주시고, 읽어 주신 독자 여러분께 감사의 마음을 전합니다.
파본이나 잘못 만들어진 책은 구입하신 곳에서 교환해 드리며 책을 읽은 후 소감이나 의견을 보내 주시면
소중히 받고, 새기겠습니다. 고맙습니다.